『カラマーゾフの兄弟』続編を空想する

亀山郁夫

光文社新書

目次

はじめに

『カラマーゾフの兄弟』は、未完の小説である。

作者ドストエフスキーみずからの死によって、一般に「続編」と呼ばれている「第二の小説」は、いっさい手がつけられることなく終わった。創作ノートのたぐいもほとんど残されていないため、おおよその輪郭すらおぼろげである。なかには、続編そのものの構想を「フィクション」、「韜晦《とうかい》」とうたがう研究者もいる。だが、作者が「著者より」と題する序文で、アレクセイ・カラマーゾフの「一代記」は「ふたつの部分」からなると宣言している以上、続編の存在そのものを疑ったり、否定したりするわけにはいかない。

もっとも、この小説をかりに「未完」と規定し、続編の内容の詮索をこころみたところで、どのようなポジティブな可能性が生まれてくるというのか。「第一の小説」で圧倒的な感動を味わうことのできた読者は、「第二の小説」の存在など望まないばかりか、そうした詮索でかえって興を削がれることを恐れるかもしれない。そもそも、「第二の小説」を空想するという行為が、作者に対するはなはだしい冒瀆、いや、越権行為とのそしりを受ける可能性だってある。事実、その危惧はいまのわたしのなかにもある。

人間の死が、どのような場合にもつねに完結したものとしてあるように、小説もまた、一回限りの生という運命を免れることはできない。「かりに生きていたら」などという仮定が現実的にはなんら意味をなさないように、書かれなかった小説の内容を空想する試みも、ことによると、蜃気楼をつかむような空しい作業に終わるかもしれない。思えば、「第一の小説」の末尾に刻みつけられた「終わり」の一語も、何かしらいわくありげである。

そのいっぽうで、わたしはこうも確信する。作者みずからが「第二の小説」と呼んだ続編には、「第一の小説」を上まわる壮大な物語世界が約束されていたのではないか、もしかすると、いまわの際にあって作者は、「第一の小説」にみずから穿《うが》ったいくつかの空白を、「第二の小説」の空想をとおして補ってくれることを、後々の世の読者に託していたのではないか、と。

さらに言うなら、残された骨片から恐竜の全体像を復元してみせる考古学者にも似たこの試みこそ、「第一の小説」、つまり現存する『カラマーゾフの兄弟』の、本質的な理解に近づくもっとも有効なアプローチのひとつではないか、と。
ただし、あらかじめ述べておきたい。わたしはいま、「未完の小説」の続編をすみずみまで再現してみせようなどという、大それた野心を抱いて執筆に臨んでいるわけではない。ましてや、新書として定められたわずか二百数十ページばかりのスペースで、何ができるというのだろうか……。

では、さっそく本題にとりかかる。

＊『カラマーゾフの兄弟』本書で取りあげる、おもな登場人物＊

アレクセイ（アリョーシャ）……カラマーゾフ家の三男。誰からも愛される清純な青年。
ドミートリー（ミーチャ）……カラマーゾフ家の長男。誤審により父殺しの罪を受ける。
イワン……カラマーゾフ家の次男。インテリで、シニカルな無神論者。
フョードル……カラマーゾフ家の父親。無類の悪党にして道化、女好き。
スメルジャコフ……カラマーゾフ家の下男。同家で料理人を務める。
ゾシマ長老……町の修道院の長老。慈愛にみちた高徳の人物。
グルーシェニカ……妖艶な美人。フョードルの死後、ミーチャと愛し合う。
カテリーナ……知的な美人。ミーチャの元婚約者。
リーザ（リーズ）……ホフラコーワ夫人の娘。アリョーシャとの婚約を解消。
イリューシャ……スネギリョフ大尉の息子。結核で命を落とす。
コーリャ・クラソートキン……自称「社会主義者」の少年。
スムーロフ……コーリャの友だち。死の床のイリューシャを見舞った。
カルタショフ……コーリャの友だち。イリューシャを見舞った。
ラキーチン……出世志向の神学生。あちこちで「暗躍」し、コーリャともかかわる。
ニーノチカ……イリューシャの姉。
ホフラコーワ夫人……町の裕福な未亡人。
スネギリョフ……「ございます」大尉。イリューシャとニーノチカの父。

第一章　作者の死、残された小説

1　残された手がかり

文学の半分が掻き消えた

『カラマーゾフの兄弟』の連載がいよいよ終わりに近づいた一八八〇年の末、首都サンクト・ペテルブルグでは、こんな噂がささやかれていた。

「続編では、アリョーシャが皇帝暗殺の考えにとりつかれるそうだ」

現代の人気テレビドラマさながら、この小説がいかに話題を呼び、小説の序文（「著者より」）で約束された「第二の小説」に、読者がどれほど胸をときめかせていたかをものがたる貴重な証《あかし》である。

噂の出所はいくつか知られている。しかし、純情で明るく、だれよりも清廉で恥ずかしがりやの青年アリョーシャ・カラマーゾフが、よりによって皇帝暗殺をもくろむ革命家の一味にかかわりをもつという話は、ちょっとしたセンセーションとして受け止められたのではないか。とはいえ、この噂にすなおに同調した同時代人がけっして少なくなかったことも、おおよそ想像できる。

一八八一年一月二十八日の夜、「第一の小説」の完成からわずか三ヶ月足らずして、ドストエフスキーは他界した。すでにその日の朝、「ドストエフスキー重態」を知らせる記事が新聞に掲載されたが、ロシアを代表する作家が、いざこの世から姿を消すとなると、その衝撃は予想をはるかに超える広がりを見せはじめた。

翌日、ペテルブルグの中心部にある作者の自宅は、学生らの弔問客が多数おしかけ、夜遅くまで、足の踏み場もないほどごったがえしたという。高名な画家たちは永眠した彼の顔を描き、ある者はアンナ夫人の許可をえてデスマスクをとった。

三日後の一月三十一日朝、不世出の作家の遺体を収めた棺は、アレクサンドル＝ネフスキー修道院墓地へと運ばれていった。沿道では、各地から駆けつけたたくさんの人々が葬列を見送った。その数は、少なくみつもって五万から六万といわれる。

「ありとあらゆる方面、彼の思想上の不倶戴天《ふぐたいてん》の敵から、老いも若きも、作家、軍人、芸術家、名もない虐げられた人々、「屋根裏と地下室の住人」、そしていちばん肝心の未来を担う青年たちも、野辺送りに馳《は》せ参じた」という。

ドストエフスキーとならぶもう一人の文豪レフ・トルストイのもとにも、次のような手紙が届けられた。

「あたかもペテルブルグの半分がとつぜん姿を消し、文学の半分が掻き消えたような感じでした」

ドストエフスキーの死を悼むこうした思いには、むろん『カラマーゾフの兄弟』が未完に終わったことを心から残念に思う、一読者の素朴な気持ちもこめられていたはずである。

なぜ唐突にこんなシーンが？

日本語訳にしておおよそ二千ページに及ぶ『カラマーゾフの兄弟』（拙訳、光文社古典新訳文庫。以下、本文中の引用は、ことわりのないかぎり同書による）は、カラマーゾフ家の主人フョードル・カラマーゾフの殺害、つまり「父殺し」の「犯人探し」をメイン・プロットにしたミステリー仕立ての小説である。他方で、いわゆるソープオペラにも似た恋愛ドラマとして、さらには一種の法廷ドラマとして、無類の面白さをたたえている。

しかし、この小説は、そうしたエンターテイメント的な要素ばかりで成り立っているわけではない。むしろそこには、現代社会を生きるわたしたちの「生」に直結する、愛、死、宗教、サディズム・マゾヒズム、金、虐待、いじめ、救いなどのテーマをめぐって、作家ドストエフスキーらしい驚くほどの深みをたたえた、いくつもの洞察をみることができる。

晩年のドストエフスキーは、この『カラマーゾフの兄弟』によって栄光を築くという野心に胸をときめかせながら、執筆にたずさわっていた。むろん、それはもはや個人的な野心というより、混迷するロシアの現実を何とかしなければならないという、作家みずから生命をかけた闘いでもあったといっていい。

事実、この小説は、その後、ロシア国内はもとより世界の各言語に訳されて多くの人々に親しまれることになるが、その、あまりに高い完成度ゆえに、この作品が前編すなわち「第一の小説」にすぎず、続編すなわち「第二の小説」が書かれずに終わったことを失念する読者も少なくなかった。

たしかに、「父殺し」にまつわる一大ミステリーという作品の外観から見れば、「第一の小説」で、すでにすべての謎解きはなされ、主人公たちにも一定の結末が与えられている。フィナーレにもそれらしい「大団円」風の光景が用意されているし、その盛り上がり方といえば、みごとの一言に尽きる。最後までひたすらプロットを追ってきた読者からすれば、これで十分、いや十分すぎるという思いもある。

しかし、わたしが今回この作品の翻訳をとおして実感することができたのは、この作品がやはりあくまでも未完であり、書かれずに終わった「第二の小説」と一つに綴じあわせることで、より包括的かつ統合的な、もっといえば、宇宙的な規模をもった小説世界が生み出されるはずだった、という思いである。

この小説が、終わっていない、という感をつよくしたのは、第4部とくに第10編「少年たち」に現れるいくつかの謎にみちたディテールの存在に気づかされたときだった。翻訳をすすめるなかで、わたしは「どういう意味だろう。なぜこんな場面がこんな場所に差し挟まれているのか」という疑問にしばしばぶつかった。そのたびに、これらはひょっとすると続編につながる何かなのではないかと考えることで、自分なりに解決をはかることになった。すると、おぼろげながらも、「第二の小説」の輪郭が目に浮かんでくるようになった。

ドストエフスキーの逸脱

もともと作家には、いったん提示したモチーフはかならず作品のなかで決着をつけるという、一種の本能のようなものが備わっている。その点、ドストエフスキーは、過剰なまでにその本能を身につけていた作家だったとわたしは思っている。その魅力的な一例を挙げてみよう。

第3部第8編、モークロエで飲めや歌えの大宴会を繰り広げたミーチャ（ドミートリー・カラマーゾフ）に取り入り、したたかに金を巻き上げた旅籠屋《はたごや》の主人トリフォーンだが、いったんミーチャに殺人の嫌疑がかかるや、手のひらを返すような冷酷なふるまいに出て、読者を憤慨させる。しかし「エピローグ」にきてそのトリフォーンが、あるはずもない隠し金を探すために、旅籠屋そのものを解体したという話がでてくる。裁判での、検事補イッポリートの発言に刺激されたのである。

無類の周到さというのだろうか、こうした小さなエピソードひとつとっても、作家の目配りがくまなく行きとどいていることが理解できる。多くの読者はほっと胸をなでおろし、つかのまながらミーチャとともに溜飲をさげることになる。この恐ろしくも俯瞰的なパースペクティブこそ、まさにドストエフスキーの本領なのである。

このように、読書のツボを心得ていたはずの作者が、最終巻にあたる第4部第10編「少年たち」では、妙にせわしなく、いくつもの謎めいたエピソードや会話を繰り出し、読者を何か宙ぶらりんな感覚に陥れる。

たしかにこの編は、これだけでも独立して読めるのではないかと思われるほど完結度が高く、現に、ロシアでは、この第10編とエピローグの部分を抽出し、それこそ涙と感動の物語に仕立て上げた映画も存在している（「少年たち」監督ユーリー・グリゴリーエフ／レニータ・グレゴリーエワ、一九九〇年）。

ところが、逆にいえばこの第10編には、細心きわまるドストエフスキーにしてはめずらしい、一読して散漫と思える描写が続く部分がある。読者のみなさんにぜひとも注意してほしいのは、少年たちのリーダー、コーリャ・クラソートキンにまつわるいくつかのエピソードである。まず、外出前のコーリャが、子どもたちを相手にくりひろげる大砲騒ぎ、それから、病床の少年イリューシャの見舞いに出かけた彼が、スネギリョフ家の前にアリョーシャを呼び出し、えんえんと繰り広げる奇妙なやりとり……。

このやりとりは、内容もさることながら、分量的にも著しくバランスを欠いている。雑誌連載の段階で、印刷台紙の長さに合わせる必要があった、といった外的事情がかりにあったにせよ、やはり必要以上に長すぎる感を否めない。端的に言って、形式面の逸脱と言ってもいい、奇怪な感じをあたえる場面である。

そのきわめつきが、アリョーシャの次のセリフである。

「でも、いいですか、コーリャ、きみは将来、とても不幸な人になります」

それに答える少年コーリャのセリフも謎をふくんでいる。

「わかってます、わかってます。あなたはそう、先々のことがなんでもわかってしまうんです！」（第4巻133ページ）

このセリフは、ゾシマ長老の死という試練を経たアリョーシャがついにひとり立ちしたことを暗示するものだけに、作者がただならぬ重さ、現実味をそこに込めていることを感じさせる。予言どおり、コーリャは、まちがいなく「将来、とても不幸な人」になるのである。

ではなぜ、これほどにも重要な会話が、小説全体、そして他のディテールとのバランスを顧みずに唐突にはさみこまれたのか。これは、どうみても「第二の小説」を念頭に置いたうえでの描写、つまり伏線ととらえるよりほかないのではないか。

右に挙げたのは、ほんの一例にすぎず、『カラマーゾフの兄弟』全編に、とくに未来をになうはずの子どもたちにかんして、〈未解決の〉ディテールがそれこそおびただしく書きこまれている。それはほかでもない、そのうちの何人かの子どもたちが、「第二の小説」で、かならずや重い役割をになわされるはずだったことを暗示するものなのだ……。

残された手がかり

「第二の小説」を空想するための手がかりは限られている。

最初にもういちど確認しておこう。『カラマーゾフの兄弟』は「未完の小説」であり、いま、わたしたちが読むことのできる「第一の小説」は、序文にも示されているように「第二の小説」の十三年前に起こった出来事をあつかった物語であるということ。あたりまえのようなことではあるが、読者のみなさんには、どうかこの「事実」をあらかじめしっかりと記憶にとどめておいていただきたい。

第一の手がかりは、『カラマーゾフの兄弟』の冒頭に置かれた、その「著者より」という文章である。これは「第二の小説」を含むアレクセイ（アリョーシャ）・カラマーゾフの「一代記」の「序文」にあたると明記されていることから、何にもまして重要な手がかりのひとつとされている。しかしそのじつ、内容それ自体はなはだしく曖昧であるため、読者をかえって混乱に陥れてしまう。

第二の手がかりは、同時代人たちの証言である。作家本人が序文で語っている「第二の小説」について、ドストエフスキー夫人であるアンナ・ドストエフスカヤや、晩年の友人であるジャーナリスト、A・S・スヴォーリンがいくつか重要な証言を残している。ただし、それらには本人の迷いとも、意図的ともとれる矛盾が少なからず含まれており、さらに社会情勢を配慮し、相手しだいで作者が微妙に使い分けている言いまわしも多く、すべての証言を鵜呑みにするわけにはいかない。また、証言者たちの〈記憶の偽造〉、ひらたく言えば「政治的立場による修正」なども含まれると考えられるから、なおのこと注意が必要である。

最後に、ドストエフスキー自身が残した創作ノートやメモの類がある。「第二の小説」への直接的な言及はないものの、そこには続編を含む長編全体の構成や意図、細部に関するいくつか重要なヒントがちりばめられている。たとえばもっとも初期の段階での創作ノートに、第10編に描かれるコーリャ・クラソートキンの「鉄道事件」についての記述がある。おそらくは続編につながるこのエピソードを、作者が最初から重視していたことをうかがい知る貴重な証拠である。

補足的には、『カラマーゾフの兄弟』の連載とほぼ同時期に刊行され、この小説のための実験工房のような役割を果たした「作家の日記」も、けっしておろそかにはできない手がかりの一つと見ることができる。

これら、文章のかたちで残された資料は、一次資料としてきわめて高い価値をもつが、綿密なプランにもとづきつつ、つねに流動性や即興性を軽んじることなく物語を組み立てていった作家の作品として、教条的かつ固定的にそれらを扱うことには慎重を要する。また、かつて「皇帝暗殺者予備軍」として逮捕され、ほぼ終生にわたって、秘密警察による監視や検閲をこうむってきた作家の「はぐらかし」や「二枚舌」の存在も考慮しなければならない。

こうした資料の検討をとおし、とりわけ続編の行方に関心を抱く研究者の一人ジェームズ・ライスは、「第二の小説」にかんして「作家自身を含む、九人の証言による十一のプロット」が考えられてきたと述べている。

以上のような直接的な「物証」のほかに、間接的ともいえる「傍証」もあり、その最大の手がかりが、いってみれば『カラマーゾフの兄弟』の本文ということになるだろうか。

小説中にふくまれるそれらの「傍証」についてはおいおい考察することになるし、それが『カラマーゾフの兄弟』からのさらに深い読みをひきだす行為であることは先に述べたが、小説の成り立ちそのものから、じつは意外なヒントを導きだすことができる。

エピローグの手直しが意味するもの

『カラマーゾフの兄弟』は、雑誌「ロシア報知」に、一八七九年一月号から八〇年十一月号まで、癲癇《てんかん》、肺気腫その他の持病による中断をはさみながら、断続的に十五回にわたって連載された。最終部「エピローグ」を脱稿したのは、八〇年十一月八日、すなわち死の三ヶ月前にあたる。そして単行本は、同じ年の十二月はじめ、最終回の掲載雑誌の発売とほとんど時を同じくして、上下二巻で刊行された。発行は各三千部。数日のうちにその半ばが売り切れるほどの人気だったらしい。

アンナ夫人の証言によると、ドストエフスキーは、単行本の刊行後およそ二年ほどの休息を経たのち、「第二の小説」にとりかかる心づもりでいたが、二ヵ月後の死がその計画を永遠に葬り去ることとなった。

ここでわたしが注目するのは、雑誌連載から単行本化のプロセスにおいて、どんな手直しが施されたかということ、そしてその手直しのなかに、「第二の小説」の構想にかかわる何か手がかりのようなものが隠されているのではないか、ということである。

雑誌での発表から単行本による刊行までの期間が極端に短いことから、大幅な手直しがあったわけではないことは容易に推察できる。初出の段階でこの作品がいかに完成度が高かったかということの証でもあるが、ここに唯一の例外がみとめられる。それは、「エピローグ」である。

ちなみに、第1部から第4部までの直しは、人名や表記の統一など、いわば〈誤記・誤植の修正〉に限られたごくちいさな範囲での訂正だった。だが、「エピローグ」に入った赤は、それとはいささか性質が異なり、いくつか本質的な問題をはらむものとなった。

「エピローグ」は、「第一の小説」の末尾に置かれていることもあり、続編すなわち「第二の小説」との、重要な橋渡し的位置づけがなされていると考えられる。とはいえ、雑誌連載のさいには、なにより最終回としての意味もあり、それなりの完結感が重視されたのは当然のことだった。

雑誌に掲載された「エピローグ」は、ひとことでいえばセンチメンタル＝主情的な文体（表記）で書かれ、作家二十四歳のデビュー作『貧しき人びと』（一八四六年）への先祖がえりを思わせる濃密な表現を特色としている。『カラマーゾフの兄弟』の最終回、しかも「泣かせる」内容をもつ「エピローグ」とあって、作者はその完結感を高め、ある種の精神的浄化《カタルシス》へ読者を導こうと、あえてそうした工夫を凝らしたとも考えられる。

具体的には、固有名詞を含む名詞などの縮小形（ロシア語では指小形）が数多く使用され、全体により親密な気分を伝えようとの意図がうかがえる。

たとえば、亡くなった少年イリューシャの名は「イリューシェチカ」と記され、その死のもつ悲劇性、およびその悲劇にたいする作者の感情移入をよりあらわにさせた感がある。

「かわいいお顔」「おてて」「あんよ」「ちっちゃな石」などが使われ、否が応でも死んだ子どもの痛ましさが強調されるかたちになった。イリューシャの亡骸を入れる「棺」すら、日本語にはそのまま移せない「ちっちゃな棺」のような表記がとられている。

日本語訳ではわかりにくいが、こうして指小形が頻発されるロシア語の原文は、じつのところかなり読みづらい。事実、彼の処女作である『貧しき人々』も、作者や主人公たちの過度に主情的な表現がつまずきとなって、必ずしも読みやすい作品には仕上がらなかった。しかし、逆にその主情的な文体が、ベリンスキーをはじめとする同時代の批評家たちの魂にストレートに訴え、貧しき人々へのヒューマンな声として高い評価を得たと見ることもできる。ドストエフスキーが作家生活の最後にあえてこのような文体に向かったのは、読者の涙腺をゆるませ、精神の浄化にみちびこうというしたたかな戦略の現われだったろう。

ところが、単行本化にあたって作家は、これらの主情的なスタイルを、おしなべてニュートラルな表現にあらためていった。「イリューシェチカ」は、それまでどおりほとんど「イリューシャ」と書き換えられ、「かわいいお顔」は「かわいい顔」、「おてて」は「手」、「あんよ」は「足」、「ちっちゃな石」は「石」に変更されたのである。「棺」についても、「小さな」とか「かわいらしい」といったニュアンスを含む指小形から、ニュートラルな言葉に置き換えられた。

では、一種のギア・チェンジを思わせるこの転換、つまり主情的な文体からよりニュートラルな文体への切り替えが意味するものとは何であったろうか。

作者のうちに、この単行本が、おそらく二度と書き換えのきかない稿となるという切迫した思いがあったことはまちがいない。そうした思いにかられた彼が、「最終回」での過剰な盛り上がりによる「ラスト」の感覚を多少とも抑え、「第二の小説」につなげていこうとの意図が働いたとしてもおそらく不思議はない。つまり、二年間の休息を挟むと口にはしながらも、彼はすでに「第二の小説」の執筆を念頭に置いて、この「エピローグ」の役割を意識していたということである。

同時代人の証言や創作ノートなどのさまざまな手がかりも重要だが、書くという行為そのものにかかわるこのような点にこそ、作家の「第二の小説」への強い意志をしっかり見てとる必要がある。

エピローグはいつ書かれたのか

もうひとつ、『カラマーゾフの兄弟』を執筆するプロセスのなかで、「エピローグ」の内容がはたしてどの時点で成立したか、という点も見のがすことができない。

ドストエフスキーが「第二の小説」の鍵となる第10編「少年たち」の執筆にあたったのは、一八八〇年の二月から三月にかけてのことだった。四月はじめには草稿は完成し、「ロシア報知」編集部に送られている。驚くべきことに、「エピローグ」が構想されたのは、じつはその直後のことであった。より正確に言うなら、第10編の執筆を終え、十日ほどの休みを入れてからすぐに、この構想を練りはじめているのである。

第10編の「少年たち」は、「第二の小説」を生む直接的な母体である。アリョーシャとコーリャのあいだで交わされる謎に満ちたやりとりだけでなく、いたるところにちりばめられた謎のディテールが、「第二の小説」の伏線のような役割をにおわせている。「エピローグ」の構想が第10編の執筆直後に練られたという事実は、作家がいかに具体的かつ慎重に「第二の小説」を計画し、練り上げていこうとしていたかを物語るものと考えていい。

こうした意味で、第10編と「エピローグ」が、続編を「空想」するうえで、いちばんの素材になるべきだというわたしの主張も、ある程度ご理解いただけるのではないだろうか。

2 空想のための九つの条件

肝心なのは、ふたつ目の小説

肝心かなめというべき「序文」にまず注意しよう。

ドストエフスキーが『カラマーゾフの兄弟』を、全体で二つの小説からなる大きな作品の「第一」の部分として構想していたことは、すでに作品の冒頭で明らかにされている。「著者より」という謎めいた文章がそれである。

作品の冒頭で、この小説全体が「わたしの主人公、アレクセイ・カラマーゾフの一代記」であると謳《うた》われ、そのアレクセイについて、いささか晦渋《かいじゅう》で、わかりにくい〈紹介〉がつづいたあと、いきなり次のような文章が挿し挟まれる。

しかしここでひとつやっかいなのは、伝記はひとつなのに小説がふたつあるという点である。おまけに、**肝心なのはふたつ目**のほうときている。

第二の小説で描かれるのは、現に今、わたしたちの時代に生きている主人公の行動である。しかるに第一の小説は、すでに**十三年も前に起こった出来事**であり、これはもう小説というより、主人公の青春のひとコマを描いたものにすぎない。（第1巻11ページ、太字は執筆者）

まず確認しておきたいのは、多くの読者がつい読み過ごしてしまうかもしれないこの「著者より」が、「第一の小説」と「第二の小説」をひとつに合わせた、より大きな小説全体をカバーする「序文」の役割を果たしているという点である。

また、ここからもう一つわかることは「第二の小説」は「第一の小説」から「十三年後」に起こった「出来事」を扱っているという点である。

ところが、現実に、作者みずから「肝心な」とほのめかしたふたつ目の小説は実現せず、そのために、右の文章にある「わたしたちの時代」が、具体的にいったいどの時点を指しているのか、わからなくなった。つまり、そもそも「十三年前」に起こったとされる「第一の小説」の時期がはたしていつなのかも、特定できなくなった。

急に挿入された序文

ここで、あらかじめ述べておきたいことが一つある。

作者がこの序文を思いついたのは、じつは、第1編のゲラ組み（印刷用のプリント）ができあがった、一八七八年の秋の段階とされる事実である。ということは、そもそもこの小説の執筆にとりかかった時点で、作者が「第二の小説」をふくむ包括的な『カラマーゾフの兄弟』を構想していたかどうか、正確なことは言えないということになる。これには、たとえば、次のような可能性が考えられる。

まず、あらかじめ現存するような『カラマーゾフの兄弟』の構想があった。それは、それなりに、一つのまとまった宇宙を形づくるものだった。端的に言えば、「フョードル・カラマーゾフ殺人事件」である。あるいは、後述するように、彼がシベリア流刑中に出会ったドミートリー・イリインスキーの事件に取材し、ごく素描的に創作ノートに書きとめた構想そのものの小説化である（本書249ページ参照）。

ところが、第1編を書き終えたとき、つまりカラマーゾフ家の出自を書きつづる段階で、突如より大きな構想が浮かびあがってきた。作者はそこで、その構想を生かすため、ある種の賭けに打ってでる心づもりで「著者より」を書き、『カラマーゾフの兄弟』の続編を留保した、というよりこの時点で「第二の小説」について語りうる最大限のことを「序文」に書きしるした……。わたしがここで「最大限」というのは、この小説には続編がある、肝心なのはふたつ目だと大見栄を切ってはみせた作家のなかで、じつのところ、その構想自体が十分には固まっていなかったのではないかという疑念を念頭に置いている。

　しかし、構想が固まりきらないながら、作者は、一八七九年一月から小説の連載が開始されることを見越し、「十三年前」という一句を書き込んだ。このとき作者は、何らかの具体的な年号を脳裏に浮かべていたとわたしは踏んでいる。

　その理由についてはいずれくわしく述べることになるが、いま「第二の小説」の内容を「空想」するにあたって、わたしはどうしてもその歴史性、ないし時代性といったものへのこだわりを捨てきれないでいる。

『カラマーゾフの兄弟』が、具体的な時代設定からはるかに超越して成り立つ小説であれば、むろんそうした類推は、なくもがなの詮索に終わるだろう。いや、むしろ、小説が歴史を侵犯するような事態をわたしは恐れている、と率直に述べたほうが、より誠実な態度かもしれない。

　しかし、作者は現実にこの「第一の小説」において、確実にその時代性を、時代の徴《しるし》を、描き込もうとしていた。たとえば、『カラマーゾフの兄弟』の下男であるグリゴーリーとマルファの夫妻は、一八六一年の農奴解放によって解放された元農奴である。西欧かぶれの地主ミウーソフは、一八四八年のパリ二月革命を経験している。父殺しの容疑で逮捕されたミーチャに対する裁判は、一八六四年にロシアに導入された陪審員制度のもとで開かれる……。

時代を背負う宿命

ではなぜ、「第二の小説」を「空想」するにあたって、「わたしたちの時代」を確定する作業が必要になるのか？　理由はひとつ。つまりこの小説が、もしかすると、その時代つまり「十三年後」の今において考えうるもっとも危険なテーマを扱うことになったからかもしれない、というぬきさしならぬ事情があるためだ。

それが、ほかでもない「皇帝暗殺」、つまり「第二の」父殺しのテーマである。

考えてもみよう。知られるかぎり、「第一の小説」完成の時点で、すでに六回にわたる皇帝暗殺未遂事件が起こっていた。しかも、作者自身、『カラマーゾフの兄弟』の執筆に先立つ三十年前、反体制グループ、ペトラシェフスキーの会に参画したとの理由で逮捕され、死刑宣告まで受けた過去があった。皇帝による恩赦、シベリア流刑を経て、作者は、その後、少なくとも表向きは、一貫して保守主義の立場をつらぬき、他をはばかることなく反社会主義、反革命の立場を標榜してきた。

そうした彼にとって、テロルの嵐が吹き荒れる時代、「皇帝暗殺」を正面きって扱うことがどれほど重大な意味を帯びるものになったか。「皇帝暗殺」のモチーフを、歴史的文脈ぬきに、完全にフィクショナルな時代背景にもとづいて書くことがはたして可能だったか、という複雑な問題が根底にあるのである。

つまり、「第二の小説」は、いやおうなく今という「時代」を背負わなくてはならなかった、いや作者は、十三年前と比較にならないほどの状況の重さを、両肩にになわなければならなかったということなのだ。その「事実」を念頭に置くことなしに、わたしたちはどのような形でも「第二の小説」についてまじめに考えることは許されない。

もっとも、わたしがいまここで早急に確認しておきたいのはもっとかんたんなことで、少なくとも「第二の小説」は、かならずや書かれるはずであったという前提だけである。雑誌連載をすべて完了させ、はればれとした思いで単行本化の作業を進めながら、ドストエフスキーはおそらくあらためて「著者より」を読み返し、その時点で、自分が構想している物語とのあいだに矛盾や齟齬がいっさいないことを、心ひそかに確認したことだろう。

「空想」のための九つの条件

では本格的な議論に入るまえに、わたしが本書を執筆するにあたって、自分なりに考えた約束事のようなものをあげてみよう。

本書のタイトルにあるとおり、この「空想」を実現するために、許されるかぎり想像力を駆使し、できるだけ自由に、ゆたかにイメージを膨らませたいと思うが、けっしてそうかんたんには進まないこともたしかである。「第二の小説」に向かって離陸するにあたり、空想がたんなる「妄想」に堕し、読者を不必要にとまどわせることのないよう、おおまかに、次のような条件を設けておくことにする。

①『カラマーゾフの兄弟』はもちろんのこと、その他の作品に見られるドストエフスキー独特の創作法をつねに念頭に置き、その流れから逸脱せずに考えること。

②そのため、「第二の小説」の構成が、基本的に「第一の小説」と、形式的にパラレルに照応することを前提に考えること。この形式を踏むことが、ドストエフスキーの構想から逸脱しない唯一のよすがとなる。

③ドストエフスキーが「第一の小説」で駆使した音楽的ともいえるパラレリズム（同じモチーフがくりかえしあらわれること）の手法が、「第二の小説」でも縦横に踏襲されるという前提に立つこと。

④「第二の小説」にかんして作家自身が残したメモや、同時代人たちの証言を基本的に重視し、極力、それと矛盾しないように「空想」していくこと。

⑤ただし、作者を含む関係者の証言や、信頼するに足る先行研究の成果を見渡したうえ、ある一定の根拠を示すことができれば、意外性や面白さをおそれず、むしろ積極的に新しいアイデアを取り込むこと。

⑥「第一の小説」にちりばめられた「仕掛け」やディテールにできるだけ詳しく言及し、「第一の小説」を読んでいない人にとって理解しやすいものにすること。

また、話の進め方としては、以下の点に留意していきたい。

⑦「第一の小説」のおもな登場人物たちの、その後の十三年間がどのようなものだったのかを、「わたしの主人公」アリョーシャを中心に検証する。

⑧最終的に、「第二の小説」のおおまかなプロット（筋立て）を提示する。

しかしこれらの前提に先立って、何よりも強調しておかなくてはならない点がひとつ。

⑨「第二の小説」が、「第一の小説」以上にきびしい皇帝権力、すなわち検閲の監視のもとで書かれることになるという事情に留意すること。この状況を無視して、いかなる「第二の小説」も書き得なかった、という認識のうえにわたしは立っている。

もとより、本書は厳密な体系をもつ研究書ではなく、たとえばポーランドのSF作家スタニスラフ・レムが好んで試みたような、架空の本の存在を前提とした、一種のバーチャルな旅行記の趣きをもつものである。だからこそ、試行錯誤的にさまざまな論点、視点を横断・縦断しながら、それでもなおトータルとして読者に対し、説得力をもつものでありたいと願っている。

なお、最初にことわっておくが、『カラマーゾフの兄弟』というタイトルじたいが、「第二の小説」にそのままあてはまるかどうかはわからない。本書ではのちほど、そのタイトルの問題にもふれるが、ここでは『カラマーゾフの兄弟』続編ないしは、「第二の小説」という言い方をおもに使用していきたい。

「わたしの主人公」の意味

「わたしの主人公」と「序文」に書かれたからには、アリョーシャは『カラマーゾフの兄弟』でもっとも重要な役割をはたすはずである。あるいは、はたしたはずである。

しかし、残された「第一の小説」では、どうみてもその影は薄く、ところどころに彼らしい存在感を発揮する場面がかいまみられるものの、おおむね狂言回し＝説明役の立場にとどまっている。「肝心なのはふたつ目の」小説としたのは、だから「わたしの主人公」の名誉のためにもおそらく不可欠のことだった。

つまり、「第二の小説」でこそ、このアリョーシャがまちがいなく真の「主人公」となって活躍することが、ドストエフスキーの念頭にあったと考えていい。これが、「第二の小説」のキャラクターを空想するうえでの最初の前提である。

次に、その「第二の小説」のプロットを考えるさいに、「第一の小説」に踏み込んで読みとらなければならないのは、ゾシマ長老の〈予言〉である。ゾシマ長老は、類《たぐい》まれな予言能力をもつ存在として描かれるだけでなく、小説全体の構成原理ともいうべき多声性《ポリフォニー》（作者の主観から独立して登場人物たちがみずから自由に声を放つこと）にそむき、作者にかわって、唯一、真正の言葉を発することのできる人間だからである。

そのゾシマが、アリョーシャに対して次のように言う。死の直前の予言である。

「おまえのことをこんなふうに考えているのです。この僧院の壁の外に出ても、修道僧として俗世で過ごすだろう。多くの敵を持つことになっても、その敵たちさえ、おまえを愛するようになる。人生は多くの不幸をおまえにもたらすが、それらの不幸によっておまえは幸せになり、人生を祝福し、ほかの人々にも人生を祝福させるようになる。（……）おまえはそういう人間なのですよ」（第2巻356ページ）

つまり、「わたしの主人公」アリョーシャは、コーリャと同じく、将来「多くの不幸」に出会い、多くの敵に遭遇するが、やがて自分をも他人をも幸福にみちびく道を歩もうとする。これが、第二の前提となる。ここにはとうぜん、冒頭に置かれたエピグラフ「一粒の麦は、（……）死ねば、多くの実を結ぶ」が反映されるはずである。

これらふたつの前提をふまえたうえで、さっそく話をすすめていくことにしよう。

3　友人、妻……同時代人の証言

革命家として処刑台にのぼる——スヴォーリンの証言

『カラマーゾフの兄弟』続編にあたる「第二の小説」には、ドストエフスキー自身によるいくつかの草案や、周囲の人々の証言が残されている。それらのほとんどが、「第一の小説」の執筆中ないし連載中に書かれ、語られた、きわめて具体的かつヴィヴィッドな内容にみちたものだった。

先にも引用したジェームズ・ライスは、こう書いている。

「『カラマーゾフの兄弟』の続編は、本編と同時進行で活発に進められ、ついに頂点にいたるはずの創造的なプロジェクトであり、サブテキストとしての性質を帯びた、ひとつの目的論的要素であって、決してたんなる補足などといったものではなかった」

そしてさらに、読者に、次の点に注意するよう呼びかけている。

『カラマーゾフの兄弟』とその続編が着想されたのは、アレクサンドル二世の暗殺未遂が日常茶飯事になっている時代だった」

つまり、ライスは、同時代人の証言と矛盾をきたさないかたちで、「第二の小説」ではテロリズムがひとつの中心的なテーマになること、アリョーシャがそれにかかわることになるかもしれないことを、まえもって確認しているのである。

ところで、「第二の小説」を「空想」するに際し、信頼にたる素材として挙げられるのは、おもに次の三つの資料である。

1　晩年の友人、A・S・スヴォーリンによる証言

2　妻アンナの証言

3　作家本人のテキスト、とくに「著者より」と第10編＋エピローグ

十九世紀末のロシアを代表するジャーナリスト、アレクセイ・スヴォーリン（一八三四－一九一二）がドストエフスキーと知り合ったのは、一八七六年十二月のことだった。スヴォーリンは、その年に新聞「ノーヴォエ・ヴレーミヤ（新時代）」紙を買収し、これを成功に

みちびいた人物として知られていたが、私生活面でいくつかのユニークなエピソードの持ち主だった。彼の妻はその愛人に射殺され（チェーホフの『狩場の悲劇』にそのモチーフが借用された）、のちに息子までが自殺するという暗い過去に包まれていた。しかしそのかたわら、ドストエフスキーやチェーホフら同時代の作家たちと親交を深め、みずからが主宰する「新時代」に発表の場を提供しつづけた。

一九一七年のロシア革命後まもなく、そのスヴォーリンが生前、克明に記しつづけた日記が公刊された。正確には、死後およそ十年をへだてた一九二三年のことだが、そこには文豪ドストエフスキーとの出会いや、「第二の小説」にまつわるいくつかの重要な記述が残されていることがわかった。その内容を紹介する。

一八八〇年二月二十日、国家公安委員長ロリス・メリコフの暗殺未遂事件が起こる。犯人は、革命グループ「人民の意志」の党員ムロジェツキーという青年で、二日後、セミョーノフスキー練兵場で行われた銃殺刑には、ドストエフスキーも立ち会うこととなった。スヴォーリンがドストエフスキーとよく顔を合わせ、いくつかの重要なやりとりを日記に残すようになったのはこの時期のことで、当時、革命家たちによるテロルが日常化し、世情は不安の極に達していた。

ドストエフスキーは、かりにテロリストの犯行計画を偶然立ち聞きしたとして、それを警察に通報するかどうかと、スヴォーリンに問いかけた。「いや、わたしは行かないね」とのスヴォーリンの答えに対し、「わたしもだ」と、ドストエフスキーは同意した。

ライスによると、このとき、ドストエフスキーは、そうした密告によって生じる不安を口にし、ロシアでこうした問題をおおっぴらに議論できない現状を憂え、テロリズムの問題にかんして、「インスピレーションを感じている様子で」詳細に長々と論を展開させた、という。そしてスヴォーリンは、具体的に『カラマーゾフの兄弟』の続編とアリョーシャ・カラマーゾフの将来にかんする発言を日記のなかで次のように書いた。

「アリョーシャ・カラマーゾフが主人公となる長編小説を書くつもりだ、と彼は話してくれた。彼は主人公を修道院から出して、革命家にしようと思っていた。主人公は政治犯罪をおかし、処刑される。真実を求め、その探求の過程で、自然と革命家になっていく、と」（一八八〇年二月二十日）

ロシアの社会主義者像について

「アリョーシャ＝皇帝暗殺者説」のいちばんの火元が、このスヴォーリンの証言にあったことは明らかである。アリョーシャがじっさいに「処刑される」ことになるかどうかはのちほど考えることにして、先にもふれたペテルブルグでの噂も含め、これに類したいくつかの証言が当時広く人口に膾炙《かいしゃ》していたことは、ほかの資料からもまちがいない。ともかく、右に引用したスヴォーリンの証言はドストエフスキー本人の口を源とした、他のいかなる証言にもまさる信憑性の高い情報であることはたしかとみてよい。

しかし、わたしがこの証言でいちばん注目するのは、むしろ末尾の文章、すなわち、「真実を求め、その探求の過程で、自然と革命家になっていく」の一文である。うむことなく真実の探求をつづけるなかで、アリョーシャがおのずから革命家になる、といった断定的な書き方に、多少とも疑問を感じるのである。はたしてこれは、作家の本心から出た言葉だったろうか。

なお、スヴォーリンは、ドストエフスキーの死の直後に小さな追悼文を書き、そのなかで具体的に「第二の小説」についてふれた。

「自分の「作家の日記」を連載している間、彼は部分的にはこれを、ロシア人の生活にかかわる闘いの紐帯《ちゅうたい》を強める手段と見ていた。……だが、(作家が亡くなった)今となってはそれらはすべておじゃんになり、『カラマーゾフの兄弟』の続きを書くもくろみも潰《つい》えてしまった。アリョーシャ・カラマーゾフは主人公になり、彼をとおして、今度は**ロシア的な社会主義者の一タイプ**を作りあげようとしていたのだ。それは、わたしたちが知っているような、ヨーロッパの土壌で育ったありきたりなタイプではなかった……」（一八八一年二月一日、太字は引用者）

引用文にある「ロシア的な社会主義者の一タイプ」という表現を、読者のみなさんは、とくに記憶にとどめていただきたい。スヴォーリンの証言は、思想的・哲学的側面からみて、「第二の小説」の中心テーマを暗示する重要な一言であり、そのプロットを考えるにあたって重要なキーワードのひとつとなることがまちがいないからである。

スヴォーリンの証言を補助する例として、ドストエフスキーが死去した翌日、ペテルブルグ在住のイリヤ・チュメネフという一学生が日記に次のように書いている。

「「第二の小説」は、ロシアの新しいタイプである福音的社会主義者（キリスト教的社会主義者）としての未来について語るものとなるだろうし、それが作者のもくろみだ」

ただし、大急ぎで留保しておくが、スヴォーリンの証言の信憑性については、次の点で慎重にあつかわなければならない。

①スヴォーリンの日記が出たのが、一九二三年、すなわちロシア革命（一九一七年）以後

のことであり、出版者によるなんらかの修正ないし「社会主義的美化」が加えられた可能性を完全には払いきれないこと。

②日記といっても、その内容はかなりの年月をへだてて書かれていること。

新生ソヴィエト政権にとって、革命前、保守派のイデオローグであり、反社会主義者だった大作家を、味方、つまり社会主義のイデオローグとして奪取することが、文化政策面でそれなりに大きな課題だったことはいうまでもない。

「新しい登場人物に困惑」

さらにもうひとつ、同時代人の証言を引用しておく。

第10編「少年たち」が雑誌「ロシア報知」に発表されてから一ヶ月あまりを経た、一八八〇年五月二十六日、黒海に臨むロシア南部の町オデッサで出ていた日刊紙「ノヴォロシースキー・テレグラフ」一面に、「Z」の署名の入った『カラマーゾフの兄弟』にかんする批評が載った。

そのなかでこの批評子は、ペテルブルグで開かれた「少年たち」の朗読会に参加したが、小説も大づめにきて、次々と新しい人物が登場してくることにかなりのとまどいを覚えた、彼らはこれまでの小説の流れとは「何の脈絡もない人物たち」のように感じられた、と書いている。

批評子はさらに次のような驚くべき一文を書き留めている。

「ペテルブルグにいま流れている噂はこういうものだ――つまりアリョーシャはのちに村の教師となり、〈皇帝の暗殺〉という考えにたどりつく」

「Z」という名前の批評子は、その後の研究から、シーメン・ゲルツォ‐ヴィノグラードフ(一八四四‐一九〇三)という人物であったことがわかっている。彼は、連載中の「第一の小説」そのものが、アリョーシャによる皇帝暗殺で終わると考えていたようだが、その根拠はきわめて薄弱で、「アリョーシャは神がかりであり、その母親もまた神がかりだった」からという、いささか解せない理屈である。アリョーシャが「ヒステリー」を病んでいることはいくつかのモチーフから明らかだが、精神面の病に起因するいくつかの行為に「皇帝暗殺」を結びつけるといった考えに、当時すなおに納得できた読者が多かったとも思えない。

しかし、その是非はともかく、こうした噂がかなり広範囲に広まっていたことは、掲載紙「ノヴォロシースキー・テレグラフ」の発行部数からある程度推測できるかもしれない。同紙は、モスクワ、ペテルブルグ、キエフ、ワルシャワ、パリに営業所をもち、社会・経済面のニュースから、不動産の広告、船の運航スケジュールなどまでをあつかう一般紙で、一八八〇年当時の発行部数は六千部近かったとされる。首都ペテルブルグからはるか離れたオデッサの地方紙とはいえ、これはたいへんな数といわなければならない。アリョーシャがやがて革命家になるという道筋は、ペテルブルグの知識人たちのあいだの噂にとどまらず、はるかに広い層に受けとめられていたことを物語っている。

アリョーシャとリーザの葛藤――アンナ夫人の証言

さて、次の証言も重要である。時代は下り、ドストエフスキーの没後三十五年をへだてた一九一六年一月に、アンナ夫人は、評論家イズマイロフに次のように語っている。

「夫は一八八一年には個人雑誌「作家の日記」を毎月刊行し、八二年には『カラマーゾフの兄弟』の続編にかかる心づもりでいました。前編の結末から二十年後のことです。舞台は八十年代に移っています。若かったアリョーシャは、リーザ・ホフラコーワとの複雑な心理的葛藤を耐えて成熟し、ミーチャは流刑地から帰ろうとしています。残念ながら、わたしはいつも夫にわたす原稿の浄書《じょうしょ》に追われ、続編の速記のほうは思うようにいきませんでした」

この証言には、残念ながら、おそらく三十五年という時の経過から生じたと思われる、記憶の混乱がみられる。「第二の小説」が「第一の小説」の「二十年後のこと」と書かれている部分である。

「著者より」に明らかなように、「第二の小説」は、いうまでもなく「第一の小説」の十三年後の物語である。とすれば、最初に数えで二十一歳、満二十歳のアリョーシャは、いま、何らかの神話的含みをもたされた三十三歳（これについては後述する）。それがかりに二十年後とすると、四十一歳、これでは年齢設定のこだわりがみえなくなる。十三年前に十四歳だったリーザも、いまや芳紀二十七歳、女性として絶頂期にさしかかっているはずで、これが三十四歳になっているとすると、少しとうが立ちすぎているようにも思える。

この「二十年後」という時間の「混乱」をのぞけば、きわめて断片的ながら、アンナ夫人の証言には、信じるにたると思われる部分が少なくない。リーザにまつわる部分も、ミーチャについても、作家の妻としての言葉の重みに、じゅうぶん敬意を払う必要があるだろう。これに似た内容が、夫人の『回想』や個人的な手紙（一九一二－一六）にも記されているところからみて、けっして思いつきだけで述べた証言ではないことは明らかである。

この問題にかんしては、いささかセンセーショナル色のつよい証言も残されている。ドストエフスキー伝の著者であるオーストリア人のニーナ・ホフマンが、一八九八年にアンナ夫人にインタビューし、次のように書いているのだ。
「アリョーシャはリーザと結婚し、のちに彼女から去ってグルーシェニカのもとへ行く」
信頼度の点ではやや「?」がつくが、ドラマトゥルギー的な視点からみてありえない筋書きというわけではなく、将来の〈空想〉のための材料の一つとして、念頭に置いておくのもよい。なぜなら、創作ノートには次のような一文が残されているからである。「グルーシェニカに対する情欲が彼（アリョーシャ）を刺したのだ」。創作ノートの段階でのアリョーシャは、けっして性と無縁の人ではなかった。

神の人アレクセイ

さて、「第二の小説」のプロットにかんして、同時代人の証言とは異なる文学研究の視点から、どうしても無視できない仮説が提示されていることをここで指摘しておこう。ソ連時代を代表するドストエフスキー研究者の一人ヴェトロフスカヤが唱えた、「アリョーシャは神の人アレクセイの生涯をなぞるかたちで苦難の生涯を閉じる」とする説である。

では、「神の人アレクセイ」とはどのような人物なのか。

四世紀のローマに生きたアレクセイは、貴族出身ながら幼いころから信仰心に富み、結婚式の夜に家出したまま、その後十七年間もパンと水だけで乞食同然の信仰生活を送ったとされる聖人である。故国に帰ってからも、身分を明かさずに父の家の門前にあるあばら家に住み、人々のさげすみの視線に耐えて、二十年間にわたりおのれの素性を隠したまま世を去った。両親と妻は、死後に残された遺書から彼の素性を知るにいたった――。

ヴェトロフスカヤは、アリョーシャのモデルとなったと主張するこの「神の人アレクセイ」の伝説に照応する例を、いくつか小説から拾い出している。たとえば、農婦たちとの接見のさいにゾシマ長老が口にする「かわいらしいお名前ですね。神の人アレクセイにあやかったのですか?」(第1巻129ページ)という言葉、さらに「神の人アレクセイ」の花嫁が、アリョーシャが恋するリーズと同じ、リザヴェータという名をもつとされることなどである。

わたし自身かつて、このヴェトロフスカヤ説に疑義をはさんだことがあったが(『ドストエフスキー　父殺しの文学』)、序文の内容に照らしあらためて考えてみると、この説には高い信頼性があることがわかった。ひとつには、スヴォーリンの証言やグロスマンの主張に見られるアリョーシャ＝皇帝暗殺者説に、どうしてもなじめない何かが感じられるようになったからである。

そもそもアリョーシャのような清廉な青年を、処刑台に送るなどといった物語設定が考えられるだろうか？　たとえ十三年間にどれほど「成熟」なり、「変貌」なりをとげたにせよ、あの心優しいアリョーシャがはたして、「皇帝暗殺」の首謀者としてその実行に加われるものだろうか、そもそも十三年前のアリョーシャを記憶する読者が、はたしてそれを許すだろうか、そんな漠たる疑念に支配されるようになって、右のヴェトロフスカヤの説にも、かなり高い存在価値を見いだせるような気がしてきたのである。

ソロヴィヨフとの出会いが暗示するもの

このように、同時代人たちの証言を考慮しながら、わたしなりに「第二の小説」におけるアリョーシャの運命を空想していこうと思うのだが、その前にもう一つ、別のレベルからのアプローチも提示しておく必要がある。すなわち、このうえなく敬虔《けいけん》で心優しい主人公アリョーシャのモデルははたして誰であったか、という問いである。

『カラマーゾフの兄弟』を構想するドストエフスキーを揺さぶっていたのは、なにもロシア社会を包みこむテロルの嵐だけではなかった。むしろはるかに私的なレベルで、この小説の成立に分かちがたく結びついた不幸な事件があった。次男アリョーシャの死である。

一八七八年五月中旬、ドストエフスキーは、三歳になる次男アリョーシャを、癲癇の発作で失った。ドストエフスキーはおそらく、癲癇というおのれの宿命的な病を引き継いだわが子の死に、さながら自分の性の犠牲者を眼のあたりにするかのような、深い罪の意識に苛《さいな》まれたにちがいない。批評家のモチューリスキーは、次男アリョーシャの死が小説の構想にもたらした影響について次のように書いている。

「なくなった次男のアリョーシャの名前は、それまで草稿で《白痴》と呼ばれていたカラマーゾフ家の兄弟の末っ子に移された。名前だけでなく、父親としての優しい気持ちのすべて、息子のすばらしい未来に対する実現せざる夢のすべてが、この作品の若い主人公に移されている」

アンナ夫人の回想にもくわしく記されているように、ドストエフスキーの苦しみようは尋常ではなかった。そんな夫の哀れな姿をみかねて、夫人は、当時、自宅にしばしば夫を訪ね、モスクワ南部のとある修道院への訪問を計画する一人の若い哲学者に、夫の同行を頼み込んだ。

こうして、六月の終わり、ドストエフスキーは、当時、新進の哲学者として脚光を浴びはじめたウラジーミル・ソロヴィヨフ（一八五三－一九〇〇）に伴われ、モスクワ南部・カルーガ県にあるオプチナ修道院を訪ねることになった。彼は、この修道院で二泊三日を過ごし、ゾシマ長老のモデルの一人となるアンブローシー神父と出会った。この出会いは、ドストエフスキーに大きな慰めと創造的霊感をもたらした。

また、ドストエフスキーはこの旅のさなか、この若い哲学者にむかって、自分がいま構想中の小説では、「ポジティブな社会的理想としての教会」が中心的な理念となるはずだ、と告白したとされる。この理念については、本書の後半でもいずれ触れることになるが、今ここで記憶していただきたいのは、当時のドストエフスキーの宗教的関心に大きな影響を与えていたこの眉目秀麗《びもくしゅうれい》の哲学者こそ、アレクセイ・カラマーゾフのモデルの一人とされる人物だということである。

アンナ夫人によれば、夫は、アンニバーレ・カラッチの描くキリストの顔立ちによく似たこの神秘主義の哲学者をこよなく愛し、さながら二人の関係は、ゾシマ長老とアリョーシャ・カラマーゾフの関係を思わせるものだったという。

では、このアリョーシャは、いつの日か、あるいは「第二の小説」で、このモデルとなった哲学者の思想までも、受け継ぐことになるのか。

第二章　皇帝を殺すのは誰か

4　序文にすべての秘密がある

「無名」のアリョーシャ

これまで挙げたさまざまな説を、いったん整理してみる。

スヴォーリンは、アリョーシャが、「第一の小説」から十三年経ったいま、皇帝暗殺者として逮捕され、「ロシア的な社会主義者として」処刑台にのぼるという証言を残した。

また、批評子「Z」は、アリョーシャが村の教師となり、「皇帝暗殺の考えを抱くようになる」と証言した。

これらの説に対するものとして、ヴェトロフスカヤは、アリョーシャが「神の人アレクセイ」として苦難の生涯を閉じることになる、と唱えた。

このなかで、スヴォーリンによる「アリョーシャが処刑台にのぼる」という筋書きは、作家本人がそう語った、という、ある意味でお墨付きのものであるだけに、信憑性は高いといわざるをえない。しかし、現実にその可能性はあったのだろうか？

わたしの考えでは、スヴォーリンの証言は、基本的にすこし無理があるように思える。その思いは、翻訳作業をとおし、細部を読みこめば読みこむほどに強まっていったが、作家本人がスヴォーリンにどう語ったにせよ、そもそも、それは『カラマーゾフの兄弟』というテキスト、何よりもその冒頭に置かれた、「著者より」の一文と大きく矛盾してしまうのである。

ここで、アリョーシャ＝皇帝暗殺者説が「著者より」とのあいだにきたす根本的な矛盾について根拠を述べてみよう。

問題はすでに第一ページにある。次の三つの文章に注意していただきたい。

1　「彼がけっして偉大な人物ではないことはわたし自身よくわかっている」

2　「(アレクセイ・カラマーゾフは) どういった人たちにどんなことで知られているのか？」

3　「あなたがこの小説の主人公に選んだアレクセイ・カラマーゾフは、いったいどこが優れているのか？　どんな偉業をなしとげたというのか？」（いずれも第1巻9ページ）

つまり、十三年後の現段階で、アレクセイ・カラマーゾフは無名の存在であることが執拗《しつよう》に強調されている。だが、「皇帝暗殺者」で、しかも処刑台にのぼるような人物が無名であるということは、常識的にありえない。アレクセイ＝皇帝暗殺者説を証言するスヴォーリンも、そのスヴォーリンを支持する研究者グロスマンも、「第一の小説」の冒頭に掲げられた「著者より」の一文にいったい何を読んでいたのか、と聞きたくなる。

もっとも、彼らの説を別の角度から理由づけることは可能である。「第二の小説」は、すべてこれから起こることで、「第一の小説」は、アリョーシャにまつわる「青春時代のひとこま」を扱ったにすぎない、アリョーシャはこれからロシア全土をゆるがすような「有名人」になるという筋書きである。たしかにそれも一理ある。

ここは、いわゆる今日でいう物語論の根幹にもかかわる部分だが、序文の内容をいったん封印し、物語の流れのなかに語り手である著者を置いてしまえば、アリョーシャがこれまでは完全に無名の存在であっても、これから「皇帝暗殺者」として名をはせる、という筋道は選択肢の一つとしてありえる。この場合、わたしたちは、小説の語り手の言葉をかならずしも信用しなくてよい、という立場をとることになるが、「第二の小説」を空想する立場として、それはすでに挙げた前提に違反してしまう。もとより、信用しないという立場から、およそ生産的といえる議論は生まれてこない。

では、なぜドストエフスキーはスヴォーリンに、皇帝暗殺者としてのアリョーシャの将来を口走ったのか？　そう、おそらく文字通り、口走ったのである。というより、長年、胸の奥に隠しつづけてきた本音が出た、といったほうがよいかもしれない――。

アリョーシャは生きている？

ただし、読者のなかに、この「第二の小説」がはじまる時点で、アリョーシャはすでにこの世に存在していないのではないか、という漠とした印象をお持ちの方も少なくないようである。もしそうした印象になんらかの根拠があるとすれば、それはどこに起因するものだろうか。

理由の一つは、先に少しふれたアリョーシャにたいする不吉な年齢の設定にある。不吉なというのは、ほかでもない、三十三歳という年齢が、イエス・キリストが処刑される年齢に符合していることが背景にある。同じように、「エピローグ」に登場する少年の「十二人ほど」という数合わせも暗示的である。

また、「第一の小説」には、アリョーシャの死をそれとなく暗示するような描写がいくつかある。たとえば、愛する母の面影を「一生、（……）覚えていたという話をわたしは知っている」（第1巻33ページ）の一行がそうである。この文を論理的に読めば、アリョーシャはこの世に存在しないことになる。

しかし最大の理由は、小説のエピグラフに掲げられた聖書の一句（「一粒の麦は、（……）死ねば、多くの実を結ぶ」）である。「一粒の麦」「死」はアリョーシャという存在の普遍的な力と犠牲者としての死を暗示してはいないだろうか？

しかし、かりにアリョーシャが皇帝暗殺者として処刑されることになれば、行為の評価はともかく、まぎれもなく歴史に名を残す人物となる。だから、かりに序文の内容を正しいとするなら（わたしたちにこれを「誤り」とみなす権利などどこにもないのだが）、そこにあきらかに矛盾が生じてしまう。

また、皇帝暗殺それじたい、未遂ながら事件が頻発しているとはいえ、話題としても、テーマとしても、いやモチーフとしてすらタブーに近いはずであった。少なくともドストエフスキー以前に、これに類したテーマを扱った小説は存在していない。皇帝暗殺のテーマを扱うとなれば、社会情勢や出版事情、さらには検閲の存在といったもろもろの事情に鑑《かんが》み、とうぜんのことながら、細心の注意が要求されるはずである。かりに扱うにしても〈未遂〉というかたちをとらざるをえなかったろう。

しかし、過去のすべてのテロ事件が裏づけているように、暗殺がたとえ未遂に終わったところで、いったん皇帝の命をねらった者が死刑に処せられないはずはない。そこで〈無名の〉アリョーシャは、少なくとも直接的には暗殺事件にかかわることはなかった、と考えるのが妥当ということになる。

序文は書き換えられる運命だったのか

そもそも、アリョーシャのように、すでに大きな人気を博している主人公を皇帝暗殺者として処刑台に立たせるというプロットを用意するとしたら、作者はそれこそ一大スキャンダルを覚悟しなければならなくなるはずだ。

当時の皇帝権力内には、かつて若い時代、ペトラシェフスキー事件（この事件については後にもふれる）に連座した作家の脛《すね》の傷を忘れず、彼の精神性のはげしさに危惧の念をいだいていた人たちがいた。

ド・ヴォラン伯爵はこう書いている。「ドストエフスキーを読みふける人々は、ブルジョワ的な議会主義では飽き足らず、社会構造の根本的な修正を要求するだろう。かれは単刀直入に、貧困がなくなるようにというのである。……いざ革命が起こったら、ドストエフスキーは重要な役割を演じるだろう」

これらの証拠を総合すれば、アリョーシャ＝皇帝暗殺者説と「著者より」の内容は完全に両立しないことになり、かりにそうしたプロットを選ぼうとするのであれば、序文そのものを書き改めなければならなくなる、ということである。

現実には、ドストエフスキーの死からわずか一ヶ月後の三月一日、時のアレクサンドル二世は、革命組織「人民の意志」党員グリネヴィツキーによって爆殺された。作家の死による悲しみを一掃するような衝撃が、ロシア全土をつらぬいたのである。

この事実をもって、「ドストエフスキーがその後も生きていたなら、『第二の小説』に予定していた皇帝暗殺のテーマを取りさげただろう」と考えるのは、理屈にのっとっている。逆に、この事件をきっかけに「第二の小説」は、先ほど紹介した「神の人アレクセイ」の物語へと集約されていった可能性も大いにある。いや「第二の小説」を根本から断念した可能性も高い。実際に起こってしまったテロ事件を、書く意味は薄れてしまうだろうから。

しかしとりあえず、わたしはあくまで、作者がこの世を去るときまでに彼の念頭にあった

「第二の小説」の構想を考える、という前提に立って話をすすめる。そうしないと、のちの歴史的推移によるきわめて恣意的な「書き換え」が、「第二の小説」の「空想」においてもまかりとおってしまう危険があるからだ。

これらの点をふまえたうえでいうと、先に挙げたヴェトロフスカヤの意見「神の人として苦難の生涯を閉じる」は、「序文」の内容と矛盾をきたさない、今のところ唯一の仮説のように思える。しかし、この「神の人アレクセイ」説を採用すれば、こんどは、スヴォーリンやアンナ夫人などの証言、つまり周囲の人々の回想によるドストエフスキーの「言葉」と齟齬《そご》をきたしてしまう。ドストエフスキーはじっさいに何度か、「アリョーシャは皇帝暗殺の考えを抱く」「皇帝暗殺事件にかかわるようになる」と明言しているのだから。しかも、「神の人アレクセイ」を主人公とすることで、どこまで「第一の小説」にみあうボリュームへ作品全体を膨らませることができるのか、いささか疑問も残る。

結論として、わたしたちは、証言や「著者より」と矛盾しない「皇帝暗殺」説の物語を採りあてねばならないのである。

「第一の小説」には、未解決のモチーフとディテールが数かぎりなくある。それらの十三年後の行方を想像しながら、そしてなによりも「著者より」を書き換えることなく、アリョーシャが皇帝暗殺にかかわっていく物語を組み立てるにはどうすればよいのか。

わたしたちがこれから試みようとしている「空想」の、もっともスリリングな魅力がそこにあるはずである。

テーマの本質的な統一

ふたたび「序文」にもどろう。

ところで、この「序文」そのものは、読者からの評判がきわめて悪いばかりか、下手をすれば、この段階で本そのものを投げ出しかねないほど、とっつきの悪い文章である。そもそも、何を言おうとしているのかよくわからない。作者によるなにか「はぐらかし」めいたことが書かれていて、およそまじめに付きあうにはあたらないような感じを読者に与えてしまう。わたしも翻訳をはじめた当初、この「序文」をいっそのこと巻末にもっていってしまおうかと、本気で考えたこともあったほどだった。ちなみに、コンスタンス・ガーネットによる英訳（一九一二年）では、この序文は削除されている。

だが、すべての翻訳を終え、あらためてこの「著者より」を振り返ってみて、そこにはまさしく、全体を見通したドストエフスキーの卓越した構想力が、すみずみにまで行きわたっていることに気づかされた。やはり、この作家はただものではなかった。この「序文」はもっと大切に読まれるべきなのだ。

「序文」があいまいな内容になったのは、繰り返していうが、「第二の小説」の展開をとおくに見すえながら、なおかつ最大限の留保をほどこしたためである。それは、必然的ななりゆきだった。ところが作者は、あいまいな言辞を重ねながら、終わりにきて急に、こんな一行をさりげなく書き記すことになる。

「そうは言っても、この小説が「全体として本質的な統一を保ちながら」おのずとふたつの話に分かれたことを、わたしは喜んでいるくらいだ」（第1巻12ページ）

アレクセイ・カラマーゾフの「一代記」は、全体として本質的な統一を保ちつつ、ふたつにわかれる。それが、未完に終わったこの小説の、ありうべき形だったのだ。ここで注意しなければならないのは、「本質的な統一」という一語のもつ意味である。

小説の構成や数といった外的形式に、しばしば異常なこだわりを見せる従来の作法にかんがみ、この「第二の小説」で彼は、「第一の小説」の形式を遵守《じゅんしゅ》する心づもりだったとみていい。

つまり、全四部＋「エピローグ」の章立てが、「第二の小説」においても踏襲される。さらに個々のモチーフの組み立てまでが、平行関係の原理にしたがいつつ、「第一の小説」のそれと照らしあうことになるだろう。

たとえば、「第二の小説」の第1部第1編では、「第一の小説」の該当部分つまり「ある家族の物語」と同じように、過去のすべての主人公たちについて、「誤審」以来十三年間の人生模様が淡々と描かれる。このあたりは、きっと胸がわくわくするような内容になったはずである。

ついでながら、『カラマーゾフの兄弟』のもつ形式的な完成度の高さについて、モチューリスキーが書いている言葉を引用しておく。

「『カラマーゾフの兄弟』の構成様式は、きわめて緻密なことが特徴である。作者は、バランス、シンメトリー、プロポーションの法則を系統だてて実行している。〈年少の友人である〉哲学者ウラジーミル・ソロヴィヨフの整然たる哲学体系が、この長編小説の構成技法に影響していることが推測できる。これはドストエフスキーのすべての作品のなかで最も〈巧みに〉構成され、思想的に最も完成した作品である」（『評伝ドストエフスキー』）

モチューリスキーがここでいうバランス、シンメトリー、プロポーションの厳密な構成が、「第二の小説」にも適用されると考えることは許されよう。もとより、全四部＋エピローグ

「父殺し」の主題にみる「第一の小説」と「第二の小説」の時空性

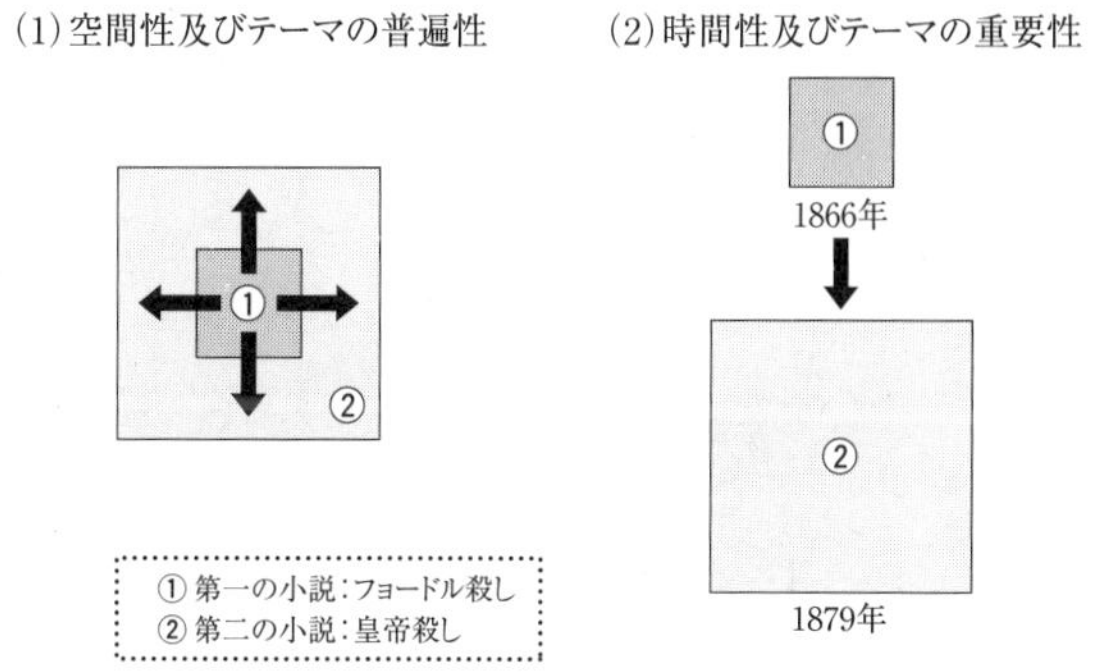

の構成は、わたしの空想が〈妄想〉の域に吹き飛んでしまわないよう、重石のような役割をはたしてくれるはずである。

もちろん、ここで問題になっているのは、形式面よりもむしろその内容である。「本質的な統一」は、より深く内面的な「テーマ」に結びついているはずである。となると、その内容は、はたしてどういうものになるのか。

わたしはいま、ひとり勝手に空想にふける。もしかすると、この一行を記しているドストエフスキーの脳裏に、ある劇的ともいえる創造的啓示が閃いていたのではないか？

端的に言って、こういうことである。二つの小説を囲いこむ、ある大きなテーマが存在する、それが、相似形の関係を保ちながら、おのずから二つに分かれていった……。

勘のいい読者なら、もうお気づきだろう。「ある大きなテーマ」とは、より普遍化された「父殺し」のテーマである。いや、「皇帝殺し」のテーマと、はっきり断言したほうがよいかもしれない。これまで、ほとんど前提なしで語ってきた「皇帝暗殺」とは、根底において「父殺し」という「大きなテーマ」によって括られるべきものであり、「本質的な統一」というひとことで、彼はまさに「皇帝殺し」を扱うと告白しているのである。

ちなみに、二つの小説の関係を簡単に図示すると、69ページのような図になる。

「変人」と「実践家」

全四部を読みきった読者があらためて「序文」に立ち返ったとき、いささか奇妙と思われるかもしれない描写がひとつある。主人公のアリョーシャについて、著者はこんなことを述べているのだ。

「彼が、変人といってもよいくらい風変わりな男だということである」（第1巻10ページ）

変人？　アリョーシャが？　彼はむしろ、この小説のなかではいちばんまともで誠実な人間として描かれているのではないか？

こうした感想は、ごくあたりまえのものだろう。イワン、ミーチャ、スメルジャコフ、フョードルらとくらべ、アリョーシャはきわめて健全かつまともな人間として描かれているように思える。表面的に変人らしさがあるとすれば、「オウム返しの」といわれるほど、実直にすぎる性格だろうか。あるいは「おキツネさん」である母親の性質を受け継いだものか、ときおりヒステリーに似た症状を起こすことぐらいだろう。その点をのぞけば、アリョーシャは、美しく、朗らかで、すこぶる健康満点の好青年である。

しかし、ここにこそ、主人公の背後にロシアの現実を見つめるドストエフスキーの目の違いがきわだっている。「著者より」は、あきらかに「第二の小説」におけるアリョーシャの変貌ぶりを語ろうとしており、その中味のヒントまでがこの「序文」に書かれている。

「風変わりであったり変人であったりするというのは、たしかにそれで世間の注意を引くことはあっても、むしろ害になるほうが多い」（同10ページ）

そして、変人がかならずしも孤立した存在とは思わないと読者が思ってくれるなら、「本書の主人公アレクセイ・カラマーゾフのもつ意義について、わたしとしてはきっと大いに励まされる思いがするだろう。なぜなら、変人は「かならずしも」部分であったり、孤立した現象とは限らないばかりか、むしろ変人こそが全体の核心をはらみ、同時代のほかの連中のほうが、なにか急な風の吹きまわしでしばしその変人から切り離されているといった事態が生じるからである……」（同11ページ）

ここには、「第二の小説」におけるアリョーシャの位置どりが、じつにさりげなく予告されている。つまり彼は、変人として周囲から孤立し、場合によっては「害を与える」と思われる存在となるが、しかしそのじつ、つねに問題の中心を見とおし、ゆらぐことなく、むしろ世間のほうが彼の周りで右往左往する、といったありようである。

もうひとつ、とくに日本の読者がひっかかると思われる言い回しをあげておく。それは、「実践家（deyatel）」という訳語で示した言葉である。

「要するに彼は、たぶん実践家ではあっても、あいまいでつかみどころのない実践家なのである」（同10ページ）。

この「実践家」とは何か。おとなしかったアリョーシャが、なにかきわめて行動的な人物に変わっていくとでもいうのだろうか。

これまでの訳では「活動家」という言葉もつかわれてきたが、少しばかり誤解を生むおそれがある。「活動家」とは、いまでもなお日本では「革命家、あるいは社会主義、共産主義を信奉する活動家」のイメージと直結している。

もちろん、先のいくつかの証言にあるように「ロシア的、またはキリスト教的な社会主義者」というキーワードは魅力的であり、アリョーシャもまた、これに当てはまる存在として成長していくことになるかもしれない。しかし、とりあえず原文のロシア語に即して考えれば、たんなる「社会的な活動家」ぐらいに考えるのが妥当だろう。「実践」という語は、なんらかの奉仕活動や政治活動まで含む、比較的、幅の広い言葉である。

アリョーシャは、その「実践家」として、これまで微力ながらもロシアの未来をになういづけてきた——。「序文」からはそう読める。この点もまた、「第二の小説」を考える条件の一つとして、忘れることのできないディテールである。

「著者より」が書かれた時期

もう一つ、「序文」つまり「著者より」の書かれた時期からも、ある重大なヒントがみちびきだされてくる。これは、すでに指摘したことでもあるが、「序文」は、第1部第1編「ある家族の物語」が掲載される予定の「ロシア報知」一八七九年一月号のゲラ刷りの段階で、急遽《きゅうきょ》、挿しはさまれたものだった。そのため、ゲラ箱はいったん「ひっくりかえされ」、冒頭からあらためて「序文」が組まれることになった。

このことは、かなり暗示的だとわたしは考えている。なぜなら、第1編は、文字通り、カラマーゾフ一家の来歴を記したものだからで、ドストエフスキーはおそらく、その十三年前よりさらに過去にさかのぼる一家の歴史を書きながら、「著者より」を入れる必要性を思い立ったにちがいない。当初の予定を変更した背景には、作者個人の、きわめて内面的なドラマが刻みこまれていた可能性がある。

いずれにしても、作者ははるかに彼らの未来をかいま見、「第二の小説」を書かねばならないという信念とその具体的なプランが一気に浮上してきた。では、そのきっかけとは、はたして何であったのか？ そのときドストエフスキーの脳裏に最初に浮かんだ「第二の小説」の構想とは、どんなものであったのか。

思うに、ドストエフスキーはこのとき、かねてからその実現を願ってきた長編小説『無神論』ないしは『偉大な罪人の生涯』への再挑戦を思い立ったのではないか。作者の年齢を考えれば、もはやラストチャンスである。

ドストエフスキー・ファンならご存じの方も少なくないと思うが、『無神論』とは、作家がおよそ二十年以上にもわたって執筆を夢み、なおかつ実現を見ずにおわった幻の大長編小説である。規模の面からいっても『カラマーゾフの兄弟』をしのぎ、トルストイの『戦争と平和』に匹敵する壮大な物語になるはずだった。

「いま私の頭のなかにあるのは、……『無神論』と題する一大長編です（どうか人に言わないでください）。……この作品は、完全に生活を保証されて仕事に打ちこんでも、完成に二年以上かかります。人物はこうです――ロシア人で、われわれの社会層に属し、かなりの齢で、それほど教養があるわけではないが無教養というわけでもなく、官等も低いわけではない。それが突然、もう相当な齢になって、神への信仰を失うのです。（……）神への信仰の喪失は彼に激甚な作用を及ぼします。（……）彼は、若い世代、無神論者たち、いろいろなスラヴ人、ヨーロッパ人、ロシアのさまざまな狂信的連中および隠者たち、そして何人もの司祭たちのもとを訪ねまわります。そしてその間、イエズス会士で改宗勧誘に当たっているポーランド人の罠にすっかりはまってしまいますが、そこから抜け出して今度はロシアのキリスト教の一派、鞭身派に深く身を投ずるのです。――そしてついにキリストとロシアの大地を、ロシアのキリストとロシアの神を獲得するのです（どうか誰にも言わないでおいてください。私としては、この最後の長編を書き上げられれば、死んでもいい、自分の一切を表現するのだ、とそんな気持ちでいるのです）」（一八六八年十二月十一日、A・N・マイコフ宛て）

書かれなかった『偉大な罪人の生涯』

ヨーロッパを放浪し、たえざる借金苦にさいなまれていたドストエフスキーにとって、編集者に宛てて書かれた小説のプランは、じつは前借の口実である場合が少なくなかった。相手が編集者であれ、友人のマイコフであれ、姪のソフィアであれ目的は変わらなかった。

しかし、たとえ前借の口実ではあれ、『無神論』の構想は、恐るべき深度とスケールを押し広げながら、少しずつ確実に熟していった。その後、一八六九年十二月、すでにドレスデンに移った彼は、右のソフィアに宛てて書いている。「全体は五年で完結するかどうかというもので、それぞれ別個の三つの物語に分かれます。この長編こそは、わが念願であり、わが生活の一切の望みなのです――たんに金銭上の意味だけでなく」

そして一八七〇年三月、すでに『悪霊』のプランをも構想に入れながら、友人のマイコフに宛てて彼は次のようにしたためることになる。この段階で『無神論』の構想は、別の長編の構想に吸収されていた。それが『偉大な罪人の生涯』である。

「これがわたしの最後の長編になります。分量は『戦争と平和』ぐらいで、構想は君に褒めていただいたはずです……この長編は五つの相当に長い物語から成り立っています。……長編全体の題名は『偉大な罪人の生涯』と言いますが、それぞれの物語がおのおのの題名を持ちます。全編を貫いて流れる中心問題は、ほかでもありません、わたしが生涯にわたって意識的無意識的に苦しんできた問題、すなわち神の存在です。主人公はその生涯において、あるときは無神論者、あるときは信仰をいだく者、あるときはファナティックにして分離派の信者、そしてまたあるときは無神論者となります」（傍点は執筆者）

作家生活の末期には断念していたと思われるこの『偉大な罪人の生涯』の構想が、カラマーゾフ家の来歴を語る第1編の段階で、ふたたび浮上してきたのではないか――。そう考えると、右に引用した最後から三行め、すなわち「神の存在」のテーマを、彼はまだ実現できていなかったことになる。

ということはつまり、「第二の小説」の構想が入りこんでくるまでの段階では、『カラマーゾフの兄弟』は、アレクセイ・カラマーゾフの物語となるというより、作者ドストエフスキー自身の「自伝」として終わる運命にあったのではないか、ということだ。それはこの小説の執筆に入る前の年、七七年十二月に、彼自身こう書きしるしていることからもわかる。

「自分の回想を書くこと」。

アレクセイはそのなかで、「カラマーゾフ、万歳！」を演出する心優しい末の弟の役割を果たすことで、小説は終わるはずだったと考えられる。

ともあれ、『偉大な罪人の生涯』のプランが浮上してきた段階で、少なくともその部分を読むかぎり、アレクセイが主人公となる保証は必ずしも存在していなかったことになる。

しかし、「著者より」という序文でささやかに萌芽の場を与えられたアリョーシャは、やがて「第二の小説」の主役をめざすように、着実にレールは敷かれていった。

では、いったいアリョーシャは「第二の小説」で、具体的にいったいどんな役割を果たすはずだったのか。

それを考える最大のヒントとなるのが、第4部第10編「少年たち」である。

5　「始まる物語」の主人公たち

子どもたちが大活躍

『カラマーゾフの兄弟』第4部執筆中の一八八〇年六月八日、ドストエフスキーは、モスクワでロシアの国民詩人アレクサンドル・プーシキンの生誕八十年を祝う「銅像除幕式」の祭典で演説し、大喝采をあびた。そのあと、彼は学生たちとのグループ討論会に出席し、「わたしはこれから『子どもたち』を書きあげる。死ぬのはそれからだ」と語ったとされる。

この『子どもたち』というのは、『カラマーゾフの兄弟』続編の仮タイトルであり、そこでは、第10編の「少年たち」に出てくる子どもたちが大人になり、若き師アリョーシャに傾倒するようになるはずだったと、当時の教育者で作家のスリヴィツキーという人物が伝えている。また、ソ連時代の研究者グロスマンは、少年たちのリーダーをコーリャ・クラソートキンと名指しし、彼は「まちがいなく革命家の卵」であると述べた。

これらの言及をまつまでもなく、「第二の小説」がいずれ少年たちをひとつの中心とした物語になることは、かなり以前から指摘されてきた。そもそも作家みずからが、この作品を構想するにあたって次のように書いていた。

「その作品には、多くの人びとともに、子どもたち、だいたい七歳から十五歳くらいまでの子どもたちが、大きな役割を演じるのです」（一八七八年三月十六日）。

事実、『カラマーゾフの兄弟』創作ノートの最初のページは、このすぐあとの四月に書きとめられており、ドストエフスキーは先だって、小説執筆のために、子どもたちの取材を綿密にこなしている。あるとき、子どもたちの出席するパーティに出かけ、そのときの体験を「作家の日記」につづった。

「なかでも気に入ったのは、いちばん小さな子どもたちだ。じつにかわいらしく、のびやかだった。少し年上になると、もうちょっと生意気になっていた。群れから離れて才気ばしっている子どもは、いつも落ち着きがあるが、朗らかで、みんなの気をひいたり、指図したりする傾向があった」（一八七六年一月号）

コースチャ、ナースチャ、イリューシャ、コーリャなどの少年少女たちの姿をほうふつとさせる記述である。

ドストエフスキーがなぜ子どもたちを主役に抜擢することにこだわったかについては、思想的なテーマそのものともかかわってくる。

「子どもに対し、うぬぼれてはいけない、われわれは子どもたちより劣っている。彼らと接することで、われわれを良くしてくれるのだ。だから彼らの天使に似た顔や無垢さ、分別のなさ、感動的な頼りなさを尊敬しなければ」(同二月号)

「大地がすべてだ。わたしは大地というものを子どもと切り離しては考えられない」(七七年七、八月号)

「始まる物語」を発見する

「第二の小説」には、「「第一の小説」のすべての人物が登場する」(モチューリスキー)可能性が高く、これまでの検討からもわかるように、アリョーシャと子どもたちがその中心をになうことになるはずだった。

その具体的な内容がどのようなものになったかを考えるために、ここでもういちど「第一の小説」の構成を振り返ってみよう。

全体の構成からみると、注目すべきは、第4部ということになる。つまり、個々のテーマやモチーフは基本的に第3部までにおおむね完結するか、あるいは完結の動機を与えられている。たとえば「大審問官」や「ゾシマの談話」(第2部)、「父殺し」の事件などがそれである。プロット面で、起こるべきことはすべて起こってしまっている、といっても過言ではない。

これに対し、第4部以降になると、未完結のモチーフがとめどなく顔を出し、読者を混沌におとしいれる。すでに述べたように、第4部に入ってから、作者がつねに「第二の小説」を念頭に置いて執筆を進めたことが原因である。ここには、十三年後の「第二の小説」がどうなるかという含みをもたされた細部がちりばめられ、読み手が未来を予想しつつ読書をつづければ、第4部の印象は、散漫どころかさらに豊かで鮮烈なものになるはずである。コーリャはどうなるのか、カルタショフは、リーザとアリョーシャは……。

要するに『カラマーゾフの兄弟』には、いままさに終わろうとする物語と、これから始まろうとする物語という、それぞれのベクトルをもった二つの物語が混在しているということだ。

この観点から見ると、第2部と第3部は「父」たちの物語となる。中心は、ゾシマ長老とフョードルの「二人の父」の死であり、物語はこの二つの巨大な渦の周辺で進行し、終わりに向かって突きすすむ。ここは大人たち、つまり二十歳以上の世代の物語である。

登場人物でいえば、終わりに向かう物語の主人公に、長男ドミートリーと次男イワン、料理人スメルジャコフの三人がおり、第4部で、彼らの運命はおおむね「決着」がついている。ドミートリーは流刑地に行くのか、行ったあとはどうなるのか、あるいは脱走に成功するのか、成功したとして、アメリカ行きの夢物語は実現するのか――、空想の種はつきないが、それでも、「第二の小説」では、これらの話はサブプロットか、背景的な物語を形づくるにすぎず、メインプロットからは大きく外れることになる。何といってもそれらは、十三年前の話と、そこから派生的に生じたエピソードでしかない。

それにたいし、「第二の小説」に向かって動き出す少年たちとともに、その「始まる物語」の中心をになうのが、アリョーシャである。『カラマーゾフの兄弟』第4部でアリョーシャはすでに修道衣を脱ぎ、最新のスーツを着こなしたすばらしく魅力的な青年に変身している（この変貌とともに、アリョーシャへのリーザの関心は失われる）。アリョーシャの成熟とともに、現時点で十代前半の「十二人ほど」の少年と、リーザ・ホフラコーワもまた成長しはじめる。

コーリャにまつわるいくつかの謎

第10編「少年たち」は、プロット面からいうと、病床にあるイリューシャをコーリャが見舞う、といったごくシンプルな内容に尽きている。病床には、イリューシャと仲直りをした少年たちにくわえ、アリョーシャの姿もある。コーリャの愛犬ペレズヴォンの大活躍によって、読者は、ミーチャが乱痴気騒ぎを繰り広げるモークロエのシーン以来、久々にカーニバル的な気分を経験することになる。

このように、一読したところ単純なプロットをもつ第10編には、じつはさまざまな謎や仕掛けがほどこされていることがわかる。そのほとんどが、「第二の小説」のための伏線とみなすことなしには、とうてい説明できないものばかりである。その種明かしを、まずはぜひとも読者のみなさんにゆだねてみよう。

＊全体のバランスを欠くまでの長さをもつアリョーシャとコーリャの二度にわたる対話
＊コーリャが夏休みに経験した鉄道のエピソード
＊女中の出産にまつわる少年と少女の会話と大砲のおもちゃのエピソード
＊アリョーシャとコーリャの対話に現れる奇妙な「未来予測」

＊その直前におかれた、少年スムーロフとコーリャの会話の中味
＊市のたつ広場での百姓や商人とのコーリャの会話と騒動
＊愛犬ペレズヴォンのしつけ方にみられるコーリャの暴君ぶり
＊イリューシャの病床で語られる、いささかとうとつな「ガチョウ事件」
＊トロイの建設者はだれかをめぐるコーリャとカルタショフの奇妙な「対立」
＊二度目のアリョーシャとの対話でコーリャがもらす社会主義思想とアメリカ行き
＊コーリャの極端な医学不信、医者ぎらいが意味するもの
＊最後に現れる「エルサレム」についてのコーリャの受け止め方

いかがだろうか？　おわかりのように、列挙したモチーフのほとんどが、コーリャをめぐって語られるものばかりである。病床のイリューシャへの見舞いがドラマの中心であるはずなのに、精彩を放つのは病人でもアリョーシャでもなく、コーリャひとりである。

そして、イリューシャ少年の苦しみ、喜びをめぐるセンチメンタルな筋書きに翻弄《ほんろう》され、読者のほとんどは、第10編の謎の謎たるゆえんに気づかないまま読み進んでいく。しかしここは、ドストエフスキーが「第二の小説」の行方をにらみつつ、知力の限りをつくして築き

上げた部分と呼ぶこともできるのだ。作者は、続編におけるアリョーシャの最大の相手役となるコーリャの性格づけを、徹底して行う必要に迫られたものらしい。

こうして、コーリャを中心として「第二の小説」が、しずかに始動しはじめるのだが、同時にまた、コーリャの相手役アリョーシャがどのような位置を占めることになるのか、少し気になってくる。

これらの問いについて答える前に、さらにもうひとつ、作家が布石したいかにも「用意周到な」伏線を挙げておこう。

赤ん坊の父親は誰か

第10編「少年たち」の2は、「子どもたち（detvora）」と名づけられている。これは、ドストエフスキーが「第二の小説」の総タイトルに予定していたとされる「子どもたち（deti）」とは微妙に異なるが、同じ子どもたちでも「少年たち」と「子どもたち」とでは大いに意味が異なる。なによりも後者では、男女双方が含まれるからだ。

この「子どもたち」のはじめのほうに、いくつか興味深いエピソードが語られる。女中の出産騒ぎで子どもたちが放置される場面である。この部分を訳しながら、わたしはある奇妙な「疑問」にとらわれていた。この出産騒ぎの張本人はいったい誰なのか？　つまり、そもそもこの赤ん坊の父親は誰なのか、と——。

「女中のカテリーナに起こった思いがけない出来事を、コーリャは当然のことながら、このうえなく深い軽蔑の目で見ていた……」（第4巻24ページ）

不思議な暗合めいたものがここに浮かび上がる。「（クラソートキン夫人の友人の夫である医師が）タシケントに向かったまま消息を絶って、およそ半年」の一文である。そして女中の出産。コーリャがそのあと、子どもたち（ナースチャとコースチャ）のやりとりに示す、異様な好奇心。そして、のちに語られることになるコーリャの極端ともいえる医師嫌い。

コーリャは、女中が産もうとしている赤ん坊の父を、今は行方不明の医師と疑っていたのである。日ごろから女中と身近に接してきたであろうコーリャに、とつぜんの出産事件が面白かろうはずもない。第一、周囲の人々はなぜこんな直前まで、彼女のお腹に気づかなかったのか。そういえば、彼女の年齢も具体的には書かれていない。文中に示されるように、コーリャはどちらかといえば「母親嫌い」の少年であるから、自分の面倒もみてくれたにちがいないこの女中にたいして、何がしかの複雑な思いを抱いていた可能性もじゅうぶんに考えられる。

コーリャの医師嫌いは、父親コンプレックスの二重写しである。父親のクラソートキンは早くして死んだので、父親という存在そのものに、彼には何がしか過剰な思い入れがあったかもしれない。その対象が、かりに隣家の主人で、いまは出奔《しゅっぽん》している医師としよう。わたしはここに、ドストエフスキーの自伝的な部分にまつわる何か、すなわち遠い四十年以上も前の記憶がよみがえっているものと見る。それは、ドストエフスキー家に雇われてきた農奴の娘に手を出し、子どもをはらませたあげくに死なせた、父ミハイルの面影である。父はモスクワの医科大学を出た軍医だった。

『カラマーゾフの兄弟』には、作家が、それとは気どられないようにしのびこませた自伝的なディテールが少なからずあって、わたしはそれを「自伝層」と呼んできた（102ページ参照）。少し残酷な「空想」になるが、かりにもしその自伝層にからめて想像するなら、ここで新しく生まれてくる赤ん坊は、死を免れない運命にある。他方、無事生き延びることができたとしたら、コーリャは、失踪した医師に強い憎しみをもつと同時に、生まれてくる子どもにことのほか強い愛情を注ぐかもしれない。

しかも、新たに生まれてくる子どもは、コーリャや、さらにナースチャ、コースチャの「ちびども」よりも一世代下の存在となるわけで、十三年後、その赤ん坊は、いまのコーリャとほぼ同じ年齢に達していることになる。ドストエフスキーは、ここでも「第二の小説」の行く末をにらみつつ、新しい世代の「子どもたち」の誕生を寿《ことほ》いでいるのだろう。

古都ノヴゴロドの位置

第10編1「コーリャ・クラソートキン」の中心となるエピソードは、彼が鉄道線路のあいだに横たわって列車をやりすごす「度胸だめし」である。この年の夏休みを母親と過ごしたコーリャは、「駅構内に住む」少年たちのグループと知り合った。年下を理由にグループの面々にあざけられたコーリャは、名誉回復の手段として、線路の間に入るという肝だめしを実行する。その結果、彼は仲間の尊敬と「命知らず」の称号をかちえ、子どもたちのリーダーとして認知されるにいたった。

「驀進《ばくしん》する列車の下に身をひそめることが可能か、調べること」

本書の冒頭でもふれたが、こんな一節が、『カラマーゾフの兄弟』の初期の創作ノートに記されている。作家が、この鉄道シーンに何らかの重要な意味をしのばせていたことを暗示するが、はたしてその動機は何だったのか？　たんなる「読者へのサービス」だったのか。いや、わたしはそうは考えない。その理由を示すまえに、この「鉄道事件」が起こった場

「第二の小説」関連地図

所に、とりあえず注意してみよう。本文には「(わたしたちの)町からおよそ七十キロ離れた鉄道駅のある町」と書かれている。「わたしたちの町(スコトプリゴニエフスク=家畜追いこみ町)」のモデルが、ドストエフスキーの夏の住まいのあったペテルブルグの南二百キロにあるスターラヤ・ルッサとかりに見立て、そこから七十キロ離れた鉄道駅といえば、もはやノヴゴロドしかない。

ノヴゴロドは、歴代の皇帝たちもしばしば訪れていたロシア有数の古都であり、由緒ある寺院や美しい町並みで知られている。そのノヴゴロドには鉄道のターミナルがあり、ここから出発した汽車は、まず乗換駅のチュドヴォに向かう。

チュドヴォは、ペテルブルグ方面とモスクワ方面行きの、いわば分岐点となる駅である。『カラマーゾフの兄弟』第3部でイワンは、チェルマシニャー行きを懇願する父フョードルを振り切り、ノヴゴロドからこのチュドヴォを経由してモスクワへ向かった。わたしの推測ではそのノヴゴロドが、おそらく「第二の小説」の主要な舞台の一つとなるにちがいないのだが、これについてはまたのちほど考察を加えよう。

この鉄道事件のエピソードは、次に出てくる大砲のおもちゃのエピソードと抱き合わせることで、思いがけない結論が生み出されてくる。ノヴゴロドという舞台設定は、そこで「第二の小説」の行方を、かなり不気味に決定していくように思われる。

いささか突飛な印象を抱かれるかもしれないが、この鉄道事件との連想から、当時の帝政ロシアの政治状況に注意を向けてみる。

第10編「少年たち」が書かれる直前の、一八七九年の十一月、モスクワの郊外で皇帝列車爆破事件が起こっている。アレクサンドル二世の命を狙って「人民の意志」派が計画した事件で、四度目の皇帝暗殺未遂事件だった。中心人物はアレクサンドル・ジェリャーボフ、女性革命家のソフィア・ペロフスカヤがそれを補助した。

皇帝がクリミヤから列車で帰還する途中をねらい、第一のグループは、オデッサ郊外で待機していたが、列車は通過せずに失敗。アレクサンドロフカの近くでは首謀者のジェリャーボフのグループがレール下に長さ二十メートルにわたって爆薬を敷いたが、発火装置が働かずにこれも失敗。モスクワでは、線路に近い屋敷を買収し、路床までの四十メートルにわたってトンネルを掘った。夜遅く列車は通過し、爆薬は近くで爆発したが、侍従たちが乗った列車で、何台かの車両は脱線したものの、けが人はなかった。

ちなみに、右に挙げた女性革命家ソフィア・ペロフスカヤは、祖父がアレクサンドル二世時代の内閣官房大臣、父親は元ペテルブルグ県知事という名門の出で、カラコーゾフ事件（172ページ参照）当時、その父親は、警戒を怠ったとして知事を解任された過去があった。

読者のみなさんは、わたしがなぜ、列車の下に身を潜めるコーリャ少年のエピソードと、皇帝列車爆破事件の二つを並置して紹介したか、おわかりだろうか？

大砲のおもちゃと火薬

「ちび」ども、ナースチャとコースチャを遊ばせるためにコーリャが用意したのが、愛犬ペレズヴォンの芸と大砲のおもちゃである。この大砲は、なんと火薬をこめ、じっさいに弾丸を発射できるという物騒なしろものである。これをちびどもに見せ、気を紛らわせようという寸法だった。

「撃つこともできるんだぞ。散弾をこめて、どーんってやるんだ」

「人も殺せる？」

「みなごろしさ」（第４巻30ページ）

このとき、コーリャはすでに本物の火薬を製造し、散弾まで手に入れていた。じっさい、あとでイリューシャたちの前で「発射実験」まで行なっている。それを、アリョーシャも横から見つめていた。

火薬の製法は、少年たちが協力しあって調べたものらしく（「ボロヴィコフが製法を聞いてきてね」同100ページ。新たな少年の名前！）、首謀犯のコーリャを危険視した父親は、息子たちにコーリャとのつきあいを禁じている（「この火薬のせいでブールキンが父親にこっぴどく叱られたって話、聞いてる？」（同101ページ。また新しい少年の名前！）。

興味深い事実がここにある。本文に書かれる火薬の成分は、混ぜ合わせた段階ですでに発火してしまうくらい、危険なものだということである。いかにテロリズムが跋扈《ばっこ》する前夜の話とはいえ、よくもこれほどのエピソードが掲載を許可されたと思う。当然のように、その製法を真似て爆発させる人間が出てきてもおかしくない。作者がスネギリョフに「そんなものはほんものの火薬じゃない」といったセリフを吐かせているのも、いわくありげである。事実を糊塗《こと》するねらいがあったのではないだろうか。

いずれにせよこの火薬と大砲のエピソードは、いささか「やりすぎ」の観を否めない。形だけのおもちゃなら、男の子の遊び道具という言い訳もたつが、それがほんものの散弾を発射できるとなると、話は別である。文字通り「きな臭さ」や、「血の匂い」をもろに連想させるのだから。

これらの危険なモチーフが、「少年たち」を含め、作品のあちこちに描かれている。最初に少年たちが現れる第4編3「小学生たちと知り合った」では、はじめから子ども同士が、石つぶてを投げ合っていた。現実的に考えて、きわめて危険な行為であるといわざるをえない。骨折、失明はおろか、下手をすれば命にまでかかわる大けがを招きかねないだろう。小さな少年イリューシャも、アリョーシャの背中に向かって石を投げつける。彼は、そのひきょうさ、危険性がわかっていたのだろうか。骨に達するまで相手の指にかみつくという「切れ方」も尋常ではないように思う。

イリューシャの性格には、誇り高さ、くそ度胸、憎悪などの激しさとともに、危険に対する、やや常軌を逸した嗜好があったように思えてならない。これを、少年に特有のサディズムなどと言い換えたら、読者のみなさんはお怒りになるだろうが、しかし学友コーリャをナイフで刺すという行為も書かれているとすると、やはり常軌を逸している。

また、スメルジャコフにそそのかされて、犬のジューチカに「針をふくませたパン」を与えるなど言語道断であり、正常な神経を欠いていると言わざるをえない。

思うに、この傷つき方、激しさは、どことなくリーザ・ホフラコーワを連想させるところがある。大人たちに劣らず狂った子どもたち――。ドストエフスキーはなぜ、子どもたちにそうした負荷を負わせようとするのか。

ペレズヴォンのしつけ方

自分は社会主義者だ、ヴォルテールを読んでいると公言するコーリャは、病床のイリューシャに心をくだく優しさを示す反面、冷徹な実践家としての一面も発揮する。神学生ラキーチンに教わったらしい革命思想をひけらかすいっぽう、広場で商いをする百姓とのやりとりを通して「ああいう庶民の連中と話をするのが好きなんだ」とうそぶく。そう言った先から、市場の商人たちを惑わし、混乱の淵におとしいれて喜んだりもする。

そして、誰もが目を見はるのは、飼い犬ペレズヴォンのエピソードである。たんにそれだけながめれば、「泣かせる・心あたたまる」エピソードであることは言うまでもない。しかしそこには同時に、幼いコーリャの本質を見きわめる作家の、するどい筆の運びをかいまみることができる。

「ひと月ほどまえ、コーリャがどこからかいきなり拾ってきた」この「毛むくじゃらでかなり大きめの汚らしいこの犬」を、彼は「恐ろしくしごき、ありとあらゆる芸当を仕込んだ。そのため、哀れな犬は、コーリャが学校に出かけて家を空けているときは寂しくてうなってばかりいるのに、彼が帰ってくるともううれしさあまってわんわん吠えまくり、部屋じゅうくるったように走り回ってはいろんなサービスにつとめ、床に寝転がって死んだふりをしたりするのだった。要するに、自分が仕込まれたあらゆる芸を披露してみせるのだが、それはもはや主人の求めに応じるというより、ただただ燃えるようなうれしさと感謝の気持ちからすることだった」（第4巻21ページ）。

コーリャは、ある善意のもとにペレズヴォンをきびしく仕こんでいたはずだ。イリューシャのかかえる「傷」を解決してやるのがその目的だったが、それは同時に、自分の全能性をアピールする手段としての側面もあった。探していた犬を見つけて喜ばすためなら、見つけたすぐあとに、犬をイリューシャのもとに連れて行けばよかったはずである。なにも、芸を含め、ここまで「作り上げる」必要はなかった。

自分が信奉する理念のためには、冷徹なまでの実行力を発揮するこれらのエピソードは、コーリャの将来を考えるうえで見逃せない資質を暗示するものだ。まさに、未来の「社会主義者」の雛形がここにある。

年齢と誕生日の一致

アリョーシャに対するコーリャの感情は、はじめは深く両義的である。コーリャは異様なまでにアリョーシャに会いたがっていた。憧れ、ライバル意識、不安……スネギリョフ家の軒先での二人のやりとりは、本心を隠しながら駆け引きに興じる恋人同士のようななまなましさを印象づけるが、しかしコーリャがアリョーシャに抱いている感情の本質は、救世主をもとめる求道者のそれにほかならない。なんとかアリョーシャに認めてもらいたいと願い、いろいろと背伸びをしてみせるのだが、内心ではそのことを恐ろしく恥じてもいる。読者にはわからないアリョーシャの「人を見通す力」を、この少年はとっくに見抜いていたのだった。

初対面にもかかわらず、コーリャはいきなり自分の信条を吐き出し、接近の理由を次のように告白してみせる。

「あの子(イリューシャ)が気に入っているなら、あの子の力を伸ばしてあげて当然でしょう? だってですよ、カラマーゾフさん、あなたがあのひよっ子たちと仲良しになったのだって、若い世代に働きかけ、彼らの才能を伸ばし、彼らの役に立ちたいと思っているからでしょう? 正直に言うと、ぼくが人づてに聞いたあなたの性格のそういう特徴に、何よりも興味を覚えたんですよ」(第4巻62ページ)

コーリャは、一見すべての面で正反対のアリョーシャに、自分と同じ資質を見た。さらに続けてこういう。

「(自分がイリューシャに冷たくあたったのは)性格をきびしくしつけて、こなれよくし、人間を造りあげることでした」(同63ページ)

ここで、ペレズヴォンに対する厳しいしつけは、まさにその予備訓練の意味をももっていたことがわかる。そしてとつぜん、この第10編中、もっとも重要なともいえるセリフがコーリャの口からもれる。

「ぼくは（……）、どうしようもなく、社会主義者なんです」

「社会主義者ですって？（……）いったい、いつそんなものになられたんです？　だって、まだ十三でしょう、たしか」

コーリャの顔がひきつった。

「言っておきますけど、ぼくは十三じゃなく、十四です、あと二週間で十四歳です」彼は顔を真っ赤にさせて答えた。「それに、年齢となんの関係があるんです、（……）問題なのは、ぼくの信念がどういうものかってことで（……）」

「きみがもっと年をとったらわかりますよ。年齢というものが、人の信念にどんな意味をもつかがね」（同120ページ）

かりにこの引用を「第二の小説」の伏線と考えた場合、どうなるか？　これらの会話から、アリョーシャとコーリャの十三年後の姿が浮かびあがってきそうである。

年齢論議もきわめて意味ありげである。じっさいには十三歳であるのに、「もうすぐ十四歳」であることをしきりに主張する（ドストエフスキーも創作ノートや手紙で、このコーリャの年齢へのこだわりを強調している）。「第一の小説」が十三年前の出来事を扱っていることを考えれば、コーリャは「第二の小説」では二十七歳ということになる。この年齢を作者と照らしあわすなら、ペトラシェフスキー事件に連座し、逮捕される年齢である。作家が死刑宣告を受けたのは、二十八歳になってまもなくの時期のことだった。

しかし、問題なのは、なぜ「あと二週間で十四です」と細かく数字を示しているか、ということである。

考えてみよう。第10編1の書き出しは、「十一月の初め――」とある。かりにこれを「十一月一日」としてみる。すると、その二週間後は十一月十四日である。では、ドストエフスキーの誕生日はいつか。新暦で十一月十一日。そう、ドストエフスキーは、コーリャの誕生日(十一月十四日)を、限りなく自分のそれに近づけていることがわかる。

ずらし、ぼかしは、ドストエフスキーお得意の手法である。だから、少しのちがいは、むしろ意図されたものと考えるべきである。ということは、ドストエフスキーはこのコーリャに、青春時代の自画像を託そうとするねらいがあったということだろうか？　しかり。じつはこの部分も、小説の「自伝層」に踏みこんで考えるべきテーマということになる。

三層構造として考える

すでに『カラマーゾフの兄弟』の解題をお読みになった方なら、これまでわたしが何度か用いてきた「自伝層」という言葉のもつおおよその意味は、おわかりいただけたと思う。しかしそうでない読者に対しては、いささか不用意な言葉づかいだったかもしれない。この用語は、これからの議論にとってとくに重要な役割を示すことになるので、少し寄り道をし、その意味するところを明らかにしておきたい。

わたしは、ドストエフスキーの『カラマーゾフの兄弟』の小説世界を、上中下の三つの層によって捉えている。いちばん下位の層がすなわち、プロットないし物語レベルの層であり、ここはある意味で登場人物同士の心理的な葛藤の層ともいうことができる（以下「物語層」と呼ぶ）。反対にいちばん上の層は、ひとことで言うなら、神の実在と不在、善と悪、パンか自由か、キリスト教か革命か、といった形而上的・象徴的なレベルでの葛藤の物語である（以下「象徴層」と呼ぶ）。

ここで注意しなければいけないのは、低次の層である「物語層」は、基本的には高次の「象徴層」の支配下にあって、「象徴層」での力関係の支配を受け、プロットが進行しているという点である。

象徴層における葛藤が、物語＝現実的なレベルと照応するというのは、むろんドストエフスキーにかぎった話ではないし、どんな小説にも見られる、ごくあたりまえの見やすい仕掛けである。だから、取り立ててこの二重構造の意味を強調するいわれはないのだが、『カラマーゾフの兄弟』には、この二つの層のほかにもう一つの層、すなわち、一般の読者には見えにくい、一読しただけでは理解できない、そのため読解をより困難なものにしているもう一つ別の層が存在する。

それはすなわち、象徴層と物語層のあいだに、通気性の悪い壁のように立ちはだかる「自伝層」である。

象徴層↓
自伝層
↑物語層

個人的体験を露出させる「自伝層」

繰り返すと、ここで「物語層」と呼ぶ最下層が、小説全体を駆動させていく物語レベル（筋書き、心理的なメロドラマ）の層であるなら、最上層の「象徴層」は、ある意味で、少しむずかしくなるが、形而上的な、「ドラマ化された世界観」とでも呼ぶべき世界である。

そしていま、わたしが「自伝層」と呼ぶところの中間部とは、象徴層とも物語層とも異なる次元のドラマを形づくる部分、作者＝ドストエフスキーが、みずからの個人的な体験をひそかに露出させる部分と考えていただきたい。

たとえば「第一の小説」における自伝層の主人公をイワンとみなし、そのコアをなしているテーマを、わたしなりに、ドストエフスキーが十七才のときに経験した、農奴による父親の殺害に関連づけてみた。「第一の小説」で、父フョードルの死が、イワンにそそのかされたスメルジャコフによる殺害という構図をなしているのに着目し、これを自伝層に属すると見ることで、作者自身の内的なドラマを次のように解き明かしたのである。

わたし（ドストエフスキー）は、父親の死に責任がある。実の父ミハイル・ドストエフスキーは農奴によって殺害されたが、農奴に殺害をそそのかしたのは、このわたしである——。「神がなければすべては許される」という独自の哲学のもとに、父フョードルの殺害をそそのかすイワン・カラマーゾフの物語こそが、「第一の小説」の自伝層におけるもっとも根源的なドラマだったとわたしは考えたのである（第5巻「解題」参照）。

では、物語層における最大のドラマは、何か。それはもちろん、グルーシェニカの愛をもとめ、三千ルーブルを工面しようとして東奔西走するミーチャの愛のドラマであり、イワンとは別のレベルで進行する父殺しの物語であり、究極において、「誤審」のなかで示される運命的な悲劇である。

次に、象徴層でのドラマとは何か。それはほかでもない、第2部における「大審問官」（イワン作の劇詩）と、ゾシマ長老の「談話と説教」（アリョーシャによる編纂《へんさん》）が示す形而上のドラマである。キリスト教か無神論か、神か悪魔か、善か悪か、自由かパンか、個人か全体か、といった、主として二元論的な対立のドラマを念頭に置いているが、おそらくここにも、「父殺し」のテーマは隠されていたのではないか、とわたしは考えている。なぜなら、イワンが描きあげた大審問官は、究極において神とキリストの否定、すなわち父殺しにたどりついたキリスト者だからである。

では、「第二の小説」において、この三つの層はどのような形をとることになるのか。とりわけ、自伝層と象徴層では何がメインのテーマとなり、誰がどのようにして中心的な役割をになうことになるのか。

読者の期待を裏切ることになるのを恐れるのだが、「第二の小説」における「自伝層」の主人公は、アリョーシャ・カラマーゾフではない。アリョーシャはつねに作者の、いや、ドストエフスキーの外部にいるのであって、作家自身のモノローグの役をになうことはないと、わたしはいま直感している。

6　思想の未来

ベリンスキーの手紙

コーリャ・クラソートキンの話を続けよう。

スネギリョフ家の前にアリョーシャを呼び出したコーリャは、非難がましい調子で相手にこう迫った。

「あなたが求めているのは、服従と神秘主義でしょう。それに、たとえば、キリスト教の信仰が奉仕してきたのは、金持ちと有名人だけじゃないですか。下層階級を奴隷状態に押さえつけておくためです」

それに対して、アリョーシャはいささか冷たい調子でこう突き放す。

「ああ、きみがどこでそれを読んだかわかっています、まちがいなく、だれかの受け売りですね！」（第4巻121ページ）

ドストエフスキーの凄さが、際だって露出する場面である。アリョーシャは確実に、コーリャのこの発言の源がどこにあるかを知っていた。そう、そこには、きわめて深い歴史的背景が、いや、自伝的背景が隠されていた。

このコーリャの言葉は、ほかでもない、十九世紀の前半を代表する革命思想家ヴィサリオン・ベリンスキーが、作家ニコライ・ゴーゴリに宛てて書いた手紙の受け売りなのである。それればかりか、そもそも、この手紙は、ドストエフスキーがペトラシェフスキーの会で朗読し、皇帝権力による逮捕と死刑宣告のきっかけとなった手紙ではないか。

ちなみにベリンスキーがこの手紙を書いたのは、一八四七年つまり死の前年のことであり、その後その写しがモスクワで回覧され、ペテルブルグへもひそかに持ちこまれて、まもなくドストエフスキーの手に入った。その後もながらく草稿のかたちで出回り、印刷に付されることはなかったが、それが活字となってようやく日の目をみたのが、一八五五年、発行者は人民主義の革命家アレクサンドル・ゲルツェンで、発行されたのは亡命革命家たちの雑誌「北極星」だった。

ドストエフスキーがこの写しを手に入れ、ペトラシェフスキーの会で朗読したのが、一八四九年の四月のことで、それから約一週間後、彼は、皇帝直属第三課によって逮捕され、同年十二月に死刑宣告を受けた。

アリョーシャもおそらくはこの手紙の存在を知っていた。コーリャの発言に、少しばかりむきになって、「いったいどこでそんなことを聞きかじってきたんです？　いったいどこのおばかさんとつきあってきたんです？」（同121ページ）と反論を加えたのも、おそらくそのためである。そこで肝心のベリンスキーの手紙を読んでみよう。そこには、ロシアの僧侶階級を手厳しく批判する次のような言葉をみることができる。

「ロシアの僧侶は、現世の権力の下僕であり奴隷である以外の何ものでもなかったことを知らない……わが国の僧侶がロシアの社会、ロシアの民衆全体から軽蔑されていることを、あなたはほんとうに知らないのか？」

さらに、先に引用したコーリャのセリフと、ベリンスキーの手紙を対比させてみる。

「正教会はつねに鞭の支持者、専制の下僕でした。……教会とはヒエラルヒーにほかならず、したがって、不平等の擁護者、権力への追従者、人間同士の博愛の敵、迫害者でした。今日もいぜんとしてその通りであります」

コーリャはさらにこう主張している。

「ぼくはキリストに反対してるわけじゃないんですからね。キリストはほんとうにヒューマンな人ですし、ぼくらの時代に生きていたら、すぐにも革命家たちの仲間に入って、きっとめざましい役割を果たしてたでしょうね」（同121ページ）

ベリンスキーを読んでみよう。

「他人の苦しみを見て苦しむことのできる者、他人の迫害される姿を見ることが自分にとっても苦しみであるという者――そのような人間は、じぶんの胸にキリストを抱いているのです」

じつのところコーリャの発言は、ペトラシェフスキーの会のメンバーだったドストエフスキーが、ベリンスキーの口から直接に耳にした言葉でもあった。

こうしてみると、ドストエフスキーがさまざまな形で、十三年後のコーリャを自分自身に近づけようとしていたことがわかる。であれば、そのコーリャが、「第二の小説」における自伝層の中心的な役割をになうことになるのは当然である。

では、はたして、どんな自伝的ドラマがそこに刻みこまれようとしていたのか。

師弟の友情が成立した瞬間

ところで、わずか十三歳の少年コーリャに、ベリンスキーの手紙の存在を教えたのは、誰だったのだろうか。

それはほかでもない、「どこのおばかさん」とアリョーシャが揶揄《やゆ》したラキーチンである。ラキーチンは、神学生にして西洋合理主義のかたまり、農奴の出自をひどく恥じながら、たくみに世渡りをつづける、エゴイスト青年である。あろうことか、そのラキーチンが、コーリャにアメリカ行きをそそのかしていることまで判明した。「社会主義者」に「亡命」をすすめたのである。

その受け売りの知識で思いきり背伸びしたコーリャが、やがてアリョーシャとの長い対話のしめくくりに、思わず内心のはじらいをさらけだしてしまう。

「ときどき、（……）全世界から笑われているなんて、突拍子もない想像にふけるんです。で、そこで、ぼくはもうそれなら、この世のすべての秩序をぶちこわしてやれっていう気持ちになるんです（……）こういうぼくって、ほんとうに滑稽でしょう？」（第４巻130ページ）

しかし、アリョーシャは、意外にもこう叫ぶ。

「そんなふうに考えてはだめ。（……）今では、ほとんど子どもたちまでが、そういうことで苦しみだしているんですよ。これはほとんど狂気です。このうぬぼれにつけこんで、悪魔がすべての世代にしのびこんでいる（……）ほかのみんなと同じ人間になっちゃだめなんですよ、いいですね」

「みんながそんなふうな人間だとしても、ですか？」

「ええ、みんながそんなふうな人間でも、です。あなただけは、それとは別の人になるんですよ。あなたはじっさい、みんなとちがう人間なんですから（……）たとえ一人きりになっても、きみだけはやっぱりみんなと別の人になるんですよ」

「すばらしい！（……）カラマーゾフさん、ぼくはあなたにどんなに憧れていたことか」

（第4巻130－131ページ）

師弟の固い友情が結ばれた瞬間――、そういってまちがいではない。では、アリョーシャのいう「みんなとちがう人間」「別の人」とはどういう意味だろうか。アリョーシャはこの言葉で、コーリャの「教化」をたくらんでいたのか、それとも、これは、俗界に出たアリョーシャの「予言」であり、あるいはたんなる直感にすぎなかったのか――。

おそらくはそのいずれでもあった。次の暗示的なやりとりに注目しよう。

「でも、いいですか、コーリャ、きみは将来、とても不幸な人になります」（……）

「わかってます、わかってます、あなたはそう、先々のことが何でもわかってしまうんです！」コーリャは即座に相槌をうった。

「でも、全体としては、やっぱり、人生を祝福してくださいね」（同133ページ）

アリョーシャはコーリャに向かって「不幸な運命をたどる」と言っているのではない。「不幸な人（*neschastnyi chelovek*）になる」と言っているのだ。ではこの「不幸な人」という一言で、彼は具体的にどのような不幸な事態を予感しているのか？

わたしはすでにアリョーシャ＝皇帝暗殺者説を否定した。となると、誰かほかに皇帝暗殺の役割をになう人物が現れなければならない。

ここで、これまで示してきたコーリャとその仲間の少年たちにまつわるいくつもの危険なモチーフから、アリョーシャではなくコーリャが、皇帝暗殺の実行犯となるのではないか、という想像が成り立つ。

ゾシマ長老亡きいま、唯一、真正な言葉を語ることのできるアリョーシャであれば、この言葉にかけられている意味は、はかりしれぬ重さをもつものとなる。そしていずれにしてこのセリフは、いずれ「エピローグ」におけるコーリャの次のセリフに直結することになる。

「もちろん……人類全体のために死ねたらな、って願ってますけどね」（第5巻42ページ）

ガチョウ事件の真相

結核で死ぬイリューシャの物語は、たしかに「終わった物語」の一部にすぎないかもしれない。しかし、彼の存在そのものは未来の反映でもある。いや、未来の礎でもある。なぜなら、少年たちの未来における「団結」の絆は、イリューシャの死によって固められるからである。「一粒の麦」のたとえが意味するものの一つがそれだろう。

クラソートキンとの関係で考えると、イリューシャもまた将来的に「社会主義者」としてテロリズムに走る可能性があったとわたしはみている。「第一の小説」の最後で悲しい死をとげる少年の、あのプライド、あの精神性、あの激しさは、同時代の革命家＝テロリストの雛型として読むことができるような気がする。彼は、コーリャからそそのかされたり、あるいは教育されたりもするが、基本的にひとりの独立した人間という強い自我意識をもち、コーリャにたいする反抗心、ひいては権力者にたいする反抗心をもちうる少年である。コーリャには、それがうっとうしかった。

では、スムーロフやカルタショフに、将来の「社会主義者」を約束する激しさ、厳しさのようなものが見てとれるだろうか。正直なところ、それはほとんどないようだ。しかし、もしかすると十三年間の歴史が彼らを変えていくかもしれない。そして彼らを変えていくのは、他でもないアリョーシャだろう。しかしもし、アリョーシャとするなら、アリョーシャその人が「社会主義者」とならなくてはならないのである。

ドストエフスキーはその可能性を、「第一の小説」でどこまで書きこんでいたのか。わたしの目からみて、アリョーシャ変貌の可能性を暗示するディテールは皆無である。それにくらべると、コーリャにたいしては逆に、ありとあらゆるディテールが用意されている。「不幸な人になります」というアリョーシャの言葉と響きかわすようにして、そのコーリャの運命を暗示するとも思えるエピソードが、この第10編にはある。例のガチョウのエピソードがそれである。

あるとき、コーリャは、町の広場で、追い立てられてきたガチョウに出くわした。そこへ「見るからに頭が悪そうな」若者が近づいてきてコーリャにこう言った。

「何をそうじろじろガチョウを見てる?」

「民衆ってのを、ぜったいに拒まないことにしてる」コーリャは、若者の相手をすることに決めた。

「で、ぼくはこのバカにむかって、こう答えてやりました。『いえ、その、ガチョウは何を考えてるのかなって思っていたんです』とね」(第4巻104ページ)

ところがクラソートキンは、本当はそんなふうには考えてはいなかった。それどころか、燕麦を積んだ荷馬車の車輪の下に首を突っこみ、こぼれた麦粒をついばんでいるガチョウに注意をうながしながら、こう言ってのけた。

「『それなら』とぼくは言いました。『もし、いまあの馬車をほんのちょっと前に動かしたら、ガチョウの首、車輪にちょん切られてしまうかな、どうでしょう?』すると男は『とうぜん、ちょん切られるさ』と答えてあんぐり口を開けて笑い、そのままニタニタしてるんですよ。『それじゃ、お兄さん、行って、試してみましょう』ぼくはそう持ちかけました。『よしきた』と男は答えました」（同105ページ）

このあと、男が馬の轡《くつわ》をはずし、コーリャの目くばせで荷馬車を引くと、ガチョウはぐわっと一声鳴いて首を真っ二つにされる。ガチョウが死を考えていたはずはなく、何も考えていないことはコーリャもわかっている。要するにそそのかしたというわけだが、この場面の面白さは、そういったコーリャの性格描写だけにあるわけではない。ここは断じて、「第二の小説」との連関性を意識しつつ考えるべきくだりである。

一つは、フョードル殺害のバリエーションであり、同時にまた、コーリャの将来を暗示するエピソードでもあるということだ。

じつは、このときのコーリャ自身、おのれの死を意識していないという点において、ガチョウと同等の存在なのである。しかし、ガチョウは首を切られて死ぬ。となると、ガチョウの運命が、いずれコーリャのそれと重ならないはずはない。車輪に首を切られるガチョウのように、コーリャは絞首台（ないしは断頭台）で最後をとげる暗示、とも考えることができる。

百姓が感じることを感じない——『悪霊』との落差

もうひとつ、興味深いのは、「社会主義者」コーリャと百姓たちの断絶である。彼はなまいきにもこう口にする。

「ぼくは民衆ってのを、ぜったいに拒まないことにしてる」

「ぼくは民衆といっしょにいるのが好きですからね」（第4巻104ページ）

ところが、コーリャと民衆の乖離《かいり》はほとんど絶望的といえるほどである。ここにはもしかすると、ドストエフスキーの社会主義批判を見てとることができるかもしれない。その乖離を端的に示しているのが、ガチョウを殺した百姓の存在である。

この「ばかな」百姓は、起こした事件にたいしてすさまじい恐怖のとりことなった。百姓はガチョウ殺しに、自分の魂にふれる何か根源的な罪深さを感じたのである。コーリャには、百姓がなぜあれほど女々しく泣き騒ぐのか、わからない。「社会主義者」にその震えはなく、コーリャはどこまでも冷静である。

この落差が、ゆくゆくはコーリャにとっていちばんの問題になっていくのではないかとわたしは予感する。コーリャはたしかに高潔な少年だが、もっとも大事な何かを失っているのではないか。コーリャのそういう点がいずれ裁かれることになると、ドストエフスキーは、このガチョウのエピソードをとおして予言しているのではないか。

かりにガチョウを人間に置きかえるならば、「これから死にゆく人間が何を考えているか」と考えるコーリャの残酷さは、ほとんど果てしがない。これは、明らかにイワンが「明日死ぬかもしれない」父親の動静を二階から盗み聞きするシーンと、パラレルをなすものだ。のちに「卑劣な行為」と自覚し、はげしい悔悟にとらわれるイワンよりも、ある意味ではコーリャのほうがはるかにドライであり、冷酷である。

かりにコーリャが将来、革命家のグループをひきいて、何らかのテロ事件を起こすならば、この彼の冷徹さは、敵にも、そして仲間内にも及ぶことだろう。こう考えると、ことあるごとにコーリャにたてつく「トロイの建設者」を知る少年カルタショフが、「第二の小説」でどのような運命をたどることになるのか、にわかに気になってくる。

わたしのなかでいま小さな連想が走る。革命家コーリャたちの一派は、もしかすると、『悪霊』と同様に、徹底してカリカチュア化されるのではないか。作者自身に、皇帝権力ににらまれているという意識がある以上、それは避けられないことではないか。

コーリャが、『悪霊』のピョートル・ヴェルホヴェンスキーのように冷酷無比の革命家になると考えるのは、少し耐えがたいことだが、もしかすると、作者はそこまで冷徹に踏んでいたかもしれない。いや、そのような形にしなければ、「第二の小説」の刊行は実現しなかったともいえるのだ。コーリャを「皇帝暗殺者」に仕立てるために、作者はどこまでも冷徹にふるまうことを余儀なくされる。

よみがえりの思想

『カラマーゾフの兄弟』最終部「エピローグ」でのコーリャの言動には、第10編にもまして不可解な内容が含まれている。それは、きわめてユニークな社会主義者としてのコーリャ像を暗示するようにもみえる。

そもそも小説の最後で「カラマーゾフ万歳!」を唱和するこの少年の姿に、キリスト教への帰依が生じたかという問題を読みとらなくてはならない。この点をとりあえず「解決」しなければ、「第二の小説」におけるコーリャの位置取りはわからない。

そこでもうひとつ、きわめて印象的なセリフを引いてみよう。

「ぼくたちみんな、死からよみがえって命をえて、おたがいにまた、みんなやイリューシャにも会えるって、宗教は教えていますが、それって本当なんでしょうか?」(第5巻62ページ)

コーリャがここで言う「宗教」とは、何を意味しているのか。

カトリックも、プロテスタントも、ロシア正教も、基本的には「復活」の理想を礎としている。だからといって、一般に死者の物理的な「よみがえり」まで教えることはありえない。ここで言及されている〈宗教〉とは、むろんロシア正教の教えでもない。コーリャは、「宗教」を主語にして語っているが、じつはこれもまた受け売りだった可能性がある。だれからの? 例の「どこのおばかさん」からの?

おそらくはそうにちがいない。しかし、より端的には、作者ドストエフスキーからの受け売りである。人類が共同して父祖をうやまい、死せる父祖の物理的な復活に努力することこそキリスト教の奥義であるとみなした、十九世紀の哲学者ニコライ・フョードロフの『共同事業の哲学』が起源である。

しかし、人間をそのまま身体的かつ物理的に復活させる事業、こう言ってよければ現代におけるクローン人間の考え方にかぎりなく近い「共同事業」を、はたしてキリスト教のそれとみなすことができるだろうか。それこそはむしろ唯物論ではないか？

いずれにせよ、このときのコーリャに、キリスト教への改心を暗示する何か、あるいは浄化といってもいい精神的変化が生じていたことはまちがいない。復活をめぐる新しい思想の解釈が、たとえ「どこのおばかさん」からの受け売りであったとはいえ、自称「社会主義者」のコーリャの口を通し、暗示的に語られているからである。スネギリョフのエルサレム発言への反応もまた、そのあらわれとみることができるかもしれない（「もうけっこうです……」第4巻143ページ）。いいかえれば、コーリャに芽生えたキリスト教への改心は、ひとえにこのフョードロフ哲学を通しての改心と、同義であっただろうということである。

次の問題は、この改心が、一時的なものか、あるいは永遠の改心か、という点である。「第二の小説」をにらみつつ「エピローグ」のフィナーレを読めば、ここにコーリャの重大な転換点がきざまれているという結論は、けっして唐突なものではなくなる。コーリャのなかで、社会主義とキリスト教の「融合」が起こる最初の瞬間ともいうことができるのである。

フョードロフのユニークな哲学は、社会主義の理想とキリスト教のそれは矛盾しないという、ドストエフスキーの信念と地続きのものであったかもしれない。

では、フョードロフの哲学は、ゾシマ長老の薫陶《くんとう》を受けたアリョーシャの思想とは矛盾しないのだろうか？　もし矛盾するとしたら、コーリャとアリョーシャの結びつきには、ほころびが生じることになる。のちに『復活』を書くトルストイと同様に、ドストエフスキーはこの唯物論的なよみがえりの思想を、一度は受け入れながら、最終的には拒否していたと思われるからである。

「肉をまとった」天使ニーノチカ

フョードロフとのかかわりで、ここでひとつ、想像力の翼を広げてみよう。わたしがとても気になるのは、弟イリューシャを失ったスネギリョフの娘、ニーノチカの存在である。スネギリョフが「肉をまとった天使」（第2巻122ページ）と紹介するニーノチカに対して、コーリャはほのかな関心を抱いていることが示されている（「話はそれますけど、ぼくはあのニーノチカが気に入りましたね」第4巻127ページ）。そもそも「肉をまとった」という表現のなかに、何らかのヒントが隠されているような気もする。

わたしはこのニーノチカとコーリャが、ゆくゆくは惹かれあっていくにちがいないとにらんでいる。イリューシャを熱烈に愛したニーノチカと、イリューシャの死に罪があると感じているコーリャの二人が、やがてイリューシャの復活をともに夢見るものとして同志的な関係に入っていく……。

コーリャが、社会主義の理想を捨てることなくキリスト教の理想にめざめ、さらにはフョードロフのいう死者の肉体的な復活すら視野に置くことになるとすれば、それこそアリョーシャが予言したところの、「不幸な」将来の暗示でなくて何だろう。

では、アリョーシャとの離反はすでに起こっているということなのか？　そこでアリョーシャはどう答えたのか！

「きっとぼくらはよみがえりますよ。きっとたがいに会って、昔のことを愉快に、楽しく語りあうことでしょうね」（第５巻62ページ）

このセリフを読むかぎり、アリョーシャもまた、死者の「よみがえり」を信じていることになる。「たがいに会って」という言葉を、彼は、天国での再会を念頭に置きながら使っていたわけではない。より現実的な意味において、何かを感じとっていたのである。

ところで、コーリャとニーノチカの関係を将来的に補足していくのが、アリョーシャとリーザの関係である。ニーノチカはいま二十歳で、アリョーシャと同じ年齢であり、コーリャは十四歳なので、リーザと同じ年齢である。リーザもニーノチカもともに足が悪く、その点でも、この二つのカップルは一種の反転関係にある。

アリョーシャ　20歳　　コーリャ　14歳
↔　　　　　　　　　　↔
リーザ　14歳　　　　ニーノチカ　20歳

アリョーシャとコーリャがいずれ分身関係をになうことになるとすれば、リーザとニーノチカも、まさになんらかの対極的な存在として分身関係をになう可能性がある。

ていた革命家像は、おそらくこれとは異なっていた。彼らは「旧世代」、つまり一八六〇年代のネチャーエフたちに見るニヒリスト革命家たちとは異なり、少なからずキリスト教的な世界観に浸された若者たちだったのである。

新しいタイプの革命家の考えは、ある点では、ドストエフスキーの考えと齟齬をきたしてもいた。なぜなら、キリスト教の信仰に結びついた革命家たちは、一八六〇年代の彼らよりはるかにラディカルな考え方の持ち主だったからである。思えば、二月革命時のパリに滞在していたミウーソフが、修道院での「場違いな会合」でいきなり秘密警察の話をもちだし、「社会主義的なキリスト教徒」について語っていたのも、それにたいする何らかの暗示だったかもしれない（第1巻175ページ）。

もっとも、新しいタイプの革命家たちは、民衆を犠牲にすることもいとわない過去の革命家たちとは明らかに一線を画していた。むしろ民衆《ナロード》のなかに入り、その民衆が信じるキリスト教、いやキリストとともに戦う頼もしい存在として、ドストエフスキーの目には映った。

そのような新しい、「キリスト教的社会主義者」ないし「社会主義的キリスト者」を、ドストエフスキー自身は、早くから恐れ、同時に尊敬の念を抱いていたふしがうかがえる。そうした思いは、手紙や、同時代人の証言として数多く残されている。

一八七三年の「作家の日記」でドストエフスキーは、若い時代にともに活動したペトラシェフスキーの会の面々にとって、社会主義とりわけフーリエのとなえるユートピア的（空想的）社会主義はキリスト教と一体化していたと述べている（「当時、勃興しつつあった社会主義は、その指導的立場にある何人かの人々にとってもキリスト教になぞらえられ、時代の文明の発達にともなってキリスト教が修正され、改良されたものにすぎないと受け止められていた」）。すでに述べたことだが、同じ七三年の、ベリンスキーとの出会いを回想する文章では、キリストが現にいま存在していたら社会主義者の仲間に加わっただろうと、ベリンスキーみずから断言していた事実を述べている。また、ペトラシェフスキー事件を回想しながら、彼は「作家の日記」にこう書きつづった。

「わたしたちペトラシェフスキーの会の仲間たちは、処刑場に立ち、下された判決を聞き終えたが、後悔の念はいささかもなかった。……少なくとも十分間、死を待ちうけるというむごたらしい、底なしの恐怖の時間を耐えた。……だが、いまこの判決を受けることになった事件、わたしたちの精神をとらえたその思想、その考えは、わたしたちにとって、悔いを必要としないものであるばかりか、むしろ何かわたしたちを浄化してくれるもの、わたしたちの多くの罪がそれによって許される殉教であるように思えた。そういう気持ちは長い間つづいた」

ドストエフスキーは、革命的思想に賛同していたみずからの過去を隠そうとせず、むしろ思いきり自分の脛の傷を開いてみせたのである。しかも、保守派のイデオローグとしてではなく、一人の人間として。保守派の他のイデオローグのなかには、そうしたドストエフスキー独自のスタンスを認めようとする立場の人々も少なからずいた。だからこそ、テロリズムの時代にあっても、これだけのことが書けたのである。

キリストとキリスト教を別個のものとして切り離して考えること。ドストエフスキーの抜け道はつねにそこにあった。絶対的な真実であるキリストに回帰することで、キリスト教は正当化され、社会主義と矛盾をきたさなくなるという実感である。そしてこの精神は、ドストエフスキーのみならず、同時代の革命家たちにも引き継がれていたことが明らかである。のちにアレクサンドル二世暗殺の裁判では、革命家の一人がこう主張していた。

「ロシア正教をわたしは否定します。ですが、キリストの教えの核心をわたしは受け入れます。弱者と抑圧された人々の権利を守ることが、わたしの義務なのです」

民衆とともに、民衆のなかに

『カラマーゾフの兄弟』の執筆に入る少し前に書かれた「モスクワの大学生たちへ」（一八七八年四月十八日付）と題する長い手紙のなかで、作家は、あなたたちには何の罪もなく、父親（の世代）にこそ罪があると述べ、「民衆のなかにこそ、すべての救いがあります」と語っている。

いっぽう、救いがないのは、民衆から離れ、「ヨーロッパ主義」「抽象的王国」へと向かうことであるとも書いた。少し先走った空想になるが、後者の思想は、「第二の小説」でのイワンがおそらく体現していくはずである。イワンは従来からの主張どおりヨーロッパに向かい、みずからの合理主義哲学を究めようとするにちがいない。あるいは、ロンドンに赴き、そのグノーシス主義（204ページ参照）的な世界観の探求に磨きをかけるのだろうか。ジュネーヴに潜伏する亡命革命家たちと交流を結ぶのだろうか。

それとは反対に、アリョーシャは民衆のなかへ入っていくだろう。「人民主義」をとなえたアレクサンドル・ゲルツェンの「ヴ・ナロード」の掛け声にしたがった若い革命家たちと同様、彼もまた地方の村々へと出かけていく。といっても、信仰を捨てたわけではない。むしろ民衆の本質を見きわめるための行動である。もしなんらかの「離反」が彼の身に起こるとすれば、それは宗教そのものからの離反というより、ロシア正教、ないし堕落した教会権力からの離反という形をとるのではないか。

アリョーシャは「ある種の心理的葛藤」を経て民衆に分け入り、「異端派」のひとつに加わりはじめる。これは『偉大な罪人の生涯』のプラン、および同時代人の回想の総和として導き出されてくる筋書きである。それとともに、社会主義者としての顔も明らかにし、やがて政府転覆もやむなし、という考えにたどりつく。ただし、テロの実行隊に加わることは考えない。

もっとも、「政府転覆もやむなし」の考えにたどりつくには、アリョーシャの身に何か根本的な変化が起こらなくてはならない。あるいは、彼の精神を根本から揺るがすような事件との遭遇を、想定しなければならない。

さまざまな前提条件を念頭に置きながら考えると、こうした全体の構図は、『カラマーゾフの兄弟』執筆の当初、いや正しくは、第1部第1編を書きおえた彼が、急遽「著者より」を書きくわえた時点から、ほぼゆるぎなかったと、わたしは考える。

テロが序文を書かせた?

その要因を、より具体的に考えてみよう。ここからは、「空想」の独り舞台である。ふたたび出発点にもどって考えよう。

ここに、「第二の小説」の具体化のきっかけとなったかもしれない事件をあてはめてみたい。つまり、ドストエフスキーが、第1部第1編の校正刷りを手にしながら、「序文」の執筆を思いたった理由を、別の角度から照らし出してくれる史実である。要するに、作者に影響をあたえた可能性のある事件を、掘り起こすのである。

女性革命家ヴェーラ・ザスーリチによる、ペテルブルグ特別市長官暗殺未遂事件で幕を明けた一八七八年は、ドストエフスキーが小説の執筆にたずさわっていたスターラヤ・ルッサの町で起こったある事件で、幕を閉じた。

陸軍将校ドゥプローヴィン事件。

十二月半ばに起こったこの事件で、陸軍将校ドゥプローヴィンの部屋から「皇帝なき新国家創設」を呼びかけるアジびらが押収され、逮捕のさいに彼は、憲兵たちに銃で応戦した。軍管区法廷で死刑判決を宣せられ、すでに『カラマーゾフの兄弟』の連載が始まっていた一八七九年四月に刑は執行された。

革命組織「人民の意志」の機関紙によれば、絞首台に向かうとき、青年は司祭や執行人を押しやり、自分の手で首にロープをかけたという。ドストエフスキーはこのペテルブルグで行われた裁判を傍聴していないが、スターラヤ・ルッサで判決の内容を知り、右派の有力政治家であるポベドノスツェフに宛てて一通の手紙をしたためた。そのなかで彼は、この青年を「狂人」と呼び、次のように書いた。

「これらの狂人たちにも、自分たちの論理、自分たちの教え、自分たちの信条、自分たちの神さえあって、それらはもうこれ以上はないというくらい、強く根を下ろしているのです」

ロシアの研究者ヴォルギンによると、ドストエフスキーはこの眉目秀麗の青年に惹かれ、長兄ドミートリーにその風貌を重ね合わせているという。

何ということか。「皇帝なき新国家創設」をとなえるドミートリー・カラマーゾフ――。ありえない組み合わせではあるが、面白いのは、作者がこのドゥプローヴィンに何らかの共感をいだいていたというより、『カラマーゾフの兄弟』の物語そのものを、この死刑囚への共感が包みこんでいるという事実である。引用した手紙の内容がどこか歯切れの悪い印象をたたえるのは、作家の内なる共感のせいということはできないだろうか。

急遽さしはさまれた序文は、原稿渡しやゲラ組みなどの時期を考えても、この事件を知ったドストエフスキーが、明らかに「第二の小説」のありうべき内容をふまえて書き加えたものでもあろう。つまり、アリョーシャが「第二の小説」で、キリスト教的社会主義者の顔をもちつつ民衆のなかに分け入るという構図は、この事件をきっかけに確定したのではないか。

では、具体的にどのようにしてこの事件は、「第二の小説」に盛りこまれることになるのか。ドストエフスキーがドゥプローヴィンを表して言った「狂人」という言葉は暗示的である。要するに「ファナティック」ということである。だから、このファナティズムをだれがになうことになるかが問題となる。いずれにせよ、「第二の小説」で「皇帝暗殺」のモチーフが、このドゥプローヴィン事件程度のテロルに変容する可能性はあったと見てよい。

ペテルソンというニコライ

そこで、〝もう一人の主人公〟コーリャ・クラソートキンに注目しなければならない。先のコーリャの、フョードロフ思想を介したキリスト教への改心という仮説を思い出していただこう。

「第二の小説」でドストエフスキーは、コーリャに、思想家ニコライ・フョードロフの精神を受けつぐ役割を背負わせようとしていた。自分の名前が「陳腐で、型にはまってる」(第

4巻72ページ）とアリョーシャに告白するコーリャの正式名がニコライであったのも、たんなる偶然の一致とみなすわけにはいかない。伏線であり、暗示だったのだ。

ただし、彼がフョードロフその人をモデルにしたと考えることは、世代的にいってまず不可能だろう。ところがうれしいことに、ここにもうひとり、フョードロフとの縁の深いニコライが登場する。その人こそ、ドストエフスキーにフョードロフの思想を伝えた、弟子のニコライ・ペテルソン（一八四四 - 一九一九）である。

おもしろい偶然である。自分の名前が「陳腐で」いやだ、というのは、ごく一般の子どもにありがちな自己嫌悪の表われと考えられるが、実際には、ドストエフスキー本人が彼にそう言わせていたのである。「ニコライ」の名前に注意せよ、のサインである。読者も、このニコライという名前には、とくに注意をはらっていただかなくてはならない。

では、ニコライ・ペテルソンの人となりを多少とも紹介しておこう。

「第二の小説」を空想するうえでおおいに役立つのが、彼の経歴である。一八四四年にロシア南部の町ペンザで生を受けた彼は、当地の貴族学校で学んだあとモスクワ大学に進学するが、中途で退学、その後、トルストイの招きでヤースナヤ・ポリャーナに向かい、数ヶ月にわたって学校教育にいそしんだ。しかしその後、ふたたびモスクワに出て大学で学びなおしているうち、のちに一八六六年のドミートリー・カラコーゾフによるアレクサンドル二世暗殺未遂事件にかかわりをもつ革命家グループ、イシューチン・サークルと接触した。その後、彼は身を隠すようにしてボゴローツクという町に移り、そこで算数などを教えていたところ、たまたま、同じ学校で教師をしていたニコライ・フョードロフなる人物と出会うことになる。

フョードロフの驚くべき博学と、思想の独創性に衝撃を受けたペテルソンは、革命運動への共感を捨て、すぐに弟子入りすることになった。ちなみに、トルストイの影響を受けたペテルソンの学校教師としてのモットーは、「子どもの完全な自由であり、読み書きの技術をのぞき、彼らが自分から進んで受け入れるもの以外、暴力的にいかなる教育的影響も持ちこんではならない」とするものだった。強制の原理は、「先生と生徒が、完全に同一の見方と環境をもつ」という絶対の信頼と、たがいの相思相愛の条件のもとでのみ許されるという立場に立っていた。

一方、師匠にあたるフョードロフは、一八六六年の皇帝暗殺未遂事件の際には革命家たちとの関係を疑われ、一時的に拘束されるという事件に遭遇する（フョードロフ自身は、その後まもなくモスクワに移った）。

いずれにせよ、ボゴローツク時代以降、ペテルソンはフョードロフの最大の弟子にして最大の伝道家として、のちの一八七六年に、ドストエフスキー宛てに手紙を書くことになる。

ドストエフスキー自身が、このペテルソンの人となりを、どこまで熟知していたかはわからない。トルストイの影響を受けた自由放任的な教育論は、すでに一八六〇年代に活字になっていたとされることから、ドストエフスキーがこれを読んでいた可能性もなくはない。第10編でコーリャが示したような「社会主義」的な教育法とは大きくかけ離れているが、モスクワで革命家グループに接近し、その後、フョードロフ哲学に傾斜するという流れは、コーリャの将来的なモデルを考えるうえで大いに参考になる。

ともかく、ドストエフスキーがこのペテルソンから学んだのは、「復活」をめぐる驚くべき内容で、その哲学の根幹にあったのは、肉体的なよみがえりの実現である。フョードロフは言う。

「宗教もまた、復活の事業なのだ。キリストは、自分の復活によってその道を示した」

まさに、コーリャのセリフと同じである。

「復活」をめぐるこのユニークな理解には、ドストエフスキー自身も大きな共感をもった。

「生きているすべての息子たちは、自分たちの力をただひとつの任務、つまり死せる父親たちの復活にそそぎこむだろう」

ドストエフスキーは、手紙にも「ソロヴィヨフとわたしは、少なくとも、現実の、文字通りの個人的な復活、そしてそれが地上で実現されることを信じています」（一八七八年三月二十四日、ペテルソン宛て）と書き、「作家の日記」でも、「自らの不死」「霊魂の不滅」ということを書いている（一八七六年十二月号）。

コーリャは、もしかするとそのきわめて異様で「科学的な」フョードロフのキリスト教信仰をふまえたうえで、社会主義者としての理想を実現しようと、行動することになるのかもしれない。

序文の問題を解決する唯一の方法

コーリャが、「キリスト教の魂をもつ恐るべき社会主義者」へと育っていくなら、アリョーシャとコーリャの関係はいったいどうなるのか。

たとえば、「エピローグ」には、次のような印象深いセリフがある。

「ぼくは、近いうちにこの町を出て行くつもりでいます。もしかしたら、とても長い期間になるかもしれない」（第5巻56ページ）

アリョーシャがこうして少年たちに別れを告げる最後の演説には、「十二人ほど」の少年が耳を傾けていた。むろん、この「ほど」が重要である。コーリャの年齢と同じように、仕掛けを見破られまいとするドストエフスキーの、意図的なぼかしである。そこには当然のことながら、キリストと十二人の使徒がイメージされている。では、アリョーシャは、彼らを、どこかの町へと「拉致」していくのだろうか。たとえば「ハーメルンの笛吹き」と同じように――。そうではない。アリョーシャははっきりとこう断言している。

「みんな、ぼくらはまもなく別れ別れになります」(同)

アリョーシャは、これからどこへ行こうとするのか。ここに残されている問題は、「村の教師となる」というZ氏の証言(前述、本書48ページ)を、どう解決するかということである。

いったんは修道衣を脱いだ、すでに二十歳になるアリョーシャが、神学校に入ると考えることはむずかしい。かりに「村の教師」になると決意したら、先に紹介したニコライ・ペテルソン同様、それなりの学歴と資格を求めようとするかもしれない。もっとも、当時のロシアの教員制度では、国民学校(初等教育機関)の教師になるためには、特別な資格は必ずしも必要ではなかった。「中等学校《ギムナジア》中退」のアリョーシャでも、行政機関がよいと判断すれば、小学校等の教師になることは可能であった。

いっぽうコーリャは、この後どうすることができるのか。アリョーシャが去った後の中学校生活に、どんな夢や希望が残されているというのか。彼はそういった喪失感から、はやばやと中学校を出て、モスクワに向かうにちがいない。ペテルブルグには、イリューシャの姉のワルワーラが大学講座に通っているので、ニーノチカとはいったん別れ、そのつてにすがることもできるだろう。

モスクワに向かう理由は、「人間の物理的なよみがえり」を教える高名な哲学者が、どこかロシア南部の町から出てきて、弟子たちの尊敬を集めているという噂を耳にしたからにほかならない。ここでは、「どこかのおばかさん」も、珍しく親身になって、いろいろ相談にのってやったかもしれない。そして、モスクワに出たあと、どのようなかたちで、アリョーシャとコーリャの間に、新たな「師弟関係」が生まれるのか、あるいは生まれないのか。いずれかの時点では、アリョーシャとコーリャのあいだに劇的な対面が実現するにちがいない。

ではここで、序文「著者より」に書かれた内容と、その他の証言とのあいだに横たわる疑問（いまアリョーシャは「有名でない」のに、皇帝暗殺にかかわることができたか）を解く鍵を探りあててみよう。

結論から述べる。おそらくアリョーシャが皇帝暗殺者そのものとして名をはせることはなかった。序文にいう、彼が「有名でない」ことがその動かぬ証拠である。そしてその実際の役割は、コーリャ・クラソートキンが担う。

つまり、コーリャこそが、「皇帝暗殺」の実行犯として、罰を受けるはずだったにちがいない。ただし、アリョーシャを何らかの形で「共犯者」に仕立てる。こうすれば、作者は序文を書き換える必要がなくなる。また、多くの証言と創作ノート、そして『カラマーゾフの兄弟』に描かれるコーリャやアリョーシャの像とも大きな矛盾をきたさない……。

そのときはもう、『カラマーゾフの兄弟』というタイトルは放棄せざるをえない。「兄弟」の言葉は現実的な意味を失い、「血のつながらない兄弟、理念・理想をともにする同志」と、より象徴的な意味にシフトしていく。

つまり「カラマーゾフ」は、もはやカラマーゾフ一家ではなく、アレクセイ・カラマーゾフと「少年たち」を総称するイメージとなり、「兄弟」は、「同志」の意味に変わる。

「第二の小説」のタイトル

ドストエフスキーはこの「第二の小説」に、別個のタイトルすなわち「子どもたち」を考えていたらしく、公の席でもその構想を述べている。しかし、「著者より」そのものは、二つの小説をふくむ総タイトル『カラマーゾフの兄弟』の序文として、書かれたのではなかったろうか。先のライスは、「この序文は完全に続編のためにあるといってさしつかえない」とまで断言した。

確認のために、あらためて序文を読んでみる。つまり、この序文がはたして「第二の小説」を含むものとして書かれているのか、ということである。

「やっかいなのは、伝記はひとつなのに小説はふたつあるという点である」（第1巻11ページ）

なんと！　ドストエフスキーは、確証を与えていない。作家の関心は、アレクセイ・カラマーゾフの「一代記」ないし「伝記」を書くことであって、だから続編は、かならずしも『カラマーゾフの兄弟』というタイトルではなくともよいのである。

であるなら、わたしは「第二の小説」を『カラマーゾフの兄弟』につづく『カラマーゾフの子どもたち』というタイトルで空想できる。『カラマーゾフの少年』ではまずい。語呂はよいが、それだと女性が加わる余地がなくなるからである。現実に当時の革命運動では、ヴェーラ・ザスーリチや、ソフィア・ペロフスカヤといった女性たちが「大活躍」を見せているではないか。

「第一の小説」に積みのこされたテーマは多く、しかも登場人物のなかで、そのたしかな運命を記された人物は、皆無にひとしい。いわゆる「ネタバレ」を怖れたわけでもなかろうが、その点での作者は周到だった。十三年前の過去のすべてを知りつくしながら、表面的には何一つ秘密をあかさず、指針すらもほとんど示さなかった。わかっているのは、あくまで「子どもたち」が主役になっていくという事実だけである。ミーチャのアメリカ行きの話も、イワンとカテリーナの関係の新たな展開も、明らかにされていない。

わたしたちの手にはまさに細部を読み取り、わずかな手がかりを頼りに、巨大な「第二の小説」を組み立てていく仕事が残されている。それは「はじめに」で述べたように、地層深くから発見されたわずかな骨を手がかりに、恐竜の骨格を復元する考古学的な作業に似ている。

思えば、「第一の小説」で、けりが付いたのは、フョードル・カラマーゾフ殺人事件、つまり現実の「父殺し」の問題だけであった。そしておそらく「第二の小説」で、より象徴的な、第二の「父殺し」が行なわれることになるという想定は、けっして無理のないものと思われる。「本質的な統一」（67ページ参照）という言葉が、それを保証しているではないか。

「第二の小説」の年代確定

それぞれの登場人物たちの過去十三年間の生きざま、そして現在の姿を空想する前に、最後に積み残されている「難問」を解決しよう。それは、「第二の小説」の舞台となる年代の確定である。

従来からこの点にかんしては、さまざまな議論が行なわれてきた。「手がかり」は多く、それがかえって混乱を招く側面もあった。なによりの前提は、今から「十三年前」という「著者より」の言葉である。だから、この「今から十三年前」とはいつかが問題となる。

わたし自身すでに仮説を示したことがあった（『ドストエフスキー　父殺しの文学』）。物語の舞台、わが町であるスコトプリゴニエフスクをスターラヤ・ルッサと仮定した場合、イワンがモスクワに旅立つ鉄道駅をどこに位置づけるかという点をにらんだのである。さまざまな可能性をさぐったあげく、前述のノヴゴロドしかない、と結論づけた。コーリャ少年がレールの間に伏せて列車の通過に耐える事件も、ノヴゴロド駅の周辺である。ちなみにノヴゴロドと中継駅チュドヴォ間の鉄道が敷かれたのは、一八七二年のことであり、よって「第一の小説」は、少なくともその年以降の出来事でなければつじつまが合わない、とした。

しかし、その後「第一の小説」に用いられている歴史上の事件をすべてカバーできる年号を設定することは、不可能であることがわかってきた。最悪の場合、「十三年後」の現在が、一八九二年という結論まで導きだされてきたのである。

わたしはいま、すこし考えをあらためている。ひとことでいえば、原点に戻ろう、つまりもっともプリミティブな理解に立ち戻ろう、と考えたのである。

『カラマーゾフの兄弟』の連載が開始されたのは一八七九年一月のことであり、作者は雑誌連載の読者に語りかけるかたちで「今から十三年前」と書いた。すると、「今」とはまさしく連載が開始された一八七九年、あるいは遅くみつもっても、単行本発行を予定した翌八〇年と設定するのが妥当となる。

なぜなら、当時の「ロシア報知」の読者にとってそれがいちばん自然だからである。一八七九年一月号を手にした読者は、ほとんど全員が、そうか、十三年前なら、あれは一八六六年の出来事なのか、と単純に引き算をしたにちがいないと考えるからである。そして、その他の歴史上の事実の混在は、あくまでフィクションとして処理する。この『カラマーゾフの兄弟』の舞台スコトプリゴニエフスクにしても、スターラヤ・ルッサと百パーセント重なるわけではなく、部分的には、この小説の執筆に先立って彼が訪れた、モスクワ南部に存在するオプチナ修道院の描写もあるといった、地理的な混在と同じである。個々の小さな事件は、その時代から遊離させ、あくまでも一つの時代的イメージを形づくるアクセサリーとして機能していると、考えるのである。

この前提に立てば、すべてがすっきりする。つまり、『カラマーゾフの兄弟』の舞台となった今から「十三年前」とは、一八六六年のことであり、「第二の小説」の舞台となるのは、その十三年後、つまり一八七九年である。

年代の確定は、これでかまわない。それに、少なくともこの時点では、現実にも皇帝は死んでいない。この前提に立つことで、「第二の小説」の空想はつづけられる。つまり、読者の立場からすると、物語で起こる事件はすべて歴史的な過去となっている、ということである。

ただし、この年号はあくまでも、『カラマーゾフの兄弟』の執筆を開始した当初のコンセプトであり、執筆と並行して起こるさまざまな事件もまた、小説のなかに取り入れられたり、小説の内容に変更が加えられたりすることだろう。その点をふまえても、最初のコンセプトから大幅にずれこむことはなかったというのが、今のわたしの考え方である。

一八六六年の段階では、カラコーゾフ事件をのぞけば、政府要人にたいする狙撃事件はまだなかった。コーリャたちの火薬遊びも、その時代設定ならばじゅうぶんに許容しうるモチーフだったろう。しかし、「第二の小説」の舞台となる一八七九年には、すでにさまざまなテロ、皇帝列車爆破事件、皇帝または要人狙撃事件などが勃発していた。作者の脳裏には、それらの一つ一つの事件の経緯がはっきりと刻まれていたはずである。

ともあれ「第二の小説」が、皇帝や政府要人に対するテロをひとつの大きなテーマとした、きわめて血なまぐさいものとなったことは、じゅうぶんに想像できるのである。

第三の問題――検閲

では、最後の問題――。「皇帝暗殺」のテーマは、現実の事件をモデルにするのか、あるいは完全にフィクションとして扱われるのか。

ここは、わからないとしか答えようがない。議論をはぐらかすようだが、それにはひとつ厄介な問題がからんでいる。もしもこの小説が皇帝暗殺を扱うとした場合、検閲当局ないし皇帝権力と作者個人との関係はどうなるか、という問題である。

何よりも、これまでの長い経緯がある。ポベドノスツェフ、メシチェルスキーといった政府高官とのつきあいが少なからずあるだけに、自分の政治的な立場が危うくならないかたちで、このテーマは扱われる必要があった。グロスマンや江川卓の説が問題をはらむのは、まさにこの点に、わたしなりに考える「第三の問題」への視点が欠落していることにある。そこが致命傷なのだ。

皇帝権力の目や、検閲を無視して、「第二の小説」を執筆することは不可能だった。シベリアからの帰還後まもなく「土壌主義」という保守の思想を掲げてから、ドストエフスキーは、少なくとも表向きには一貫して右派の立場に固執し、これを代弁してきた。

結論から言えば、保守派の立場から、皇帝暗殺のテーマを扱う場合に選びうる選択肢は、決して多くなかった、いや限りなくゼロに等しかったということである。また、『悪霊』の作者であれば、当然のことながら、革命家たちへのカリカチュアライズされた視点にたいする監視の目もあったろう。

別の理由もある。「第一の小説」でアリョーシャがすでに圧倒的な人気を博していることは、周知の事実である。かりに、そのアリョーシャが皇帝暗殺の考えをいだくようなことになれば、読者にたいする影響力は計り知れないものになる。今のところ確かめられていないが、一八七九年から八〇年にかけて連載された『カラマーゾフの兄弟』を、革命家たちが愛読してきた可能性だってなくもない。ドストエフスキーの葬儀のとき、まっさきにその棺を運ぼうと手をかけたのは、かつてのペトラシェフスキー会の仲間で、同じ死刑判決を受けた元同志ふたりであった。

わたしとしては、ここまで踏みこんだ空想を許したくない気持ちもあるが、もしもそうした状況とみずからの政治的過去を踏まえながらなお、アリョーシャを皇帝暗殺者に仕立てようとするなら、それは最晩年のドストエフスキーに、何かしら劇的な精神的変化が起こったと仮定せざるをえなくなる。つまり、皇帝暗殺という事態の接近の予測と、それによって現実化する革命の予感である——。

そうなれば、「第二の小説」は、新しい革命世代の、ゆるぎないバイブルとなる可能性もあった。実際に、一八七九年は、ロシア国内に吹き荒れるテロルの嵐が最初の頂点をむかえた年であり、社会全体がその噂でもちきりであった。この一年だけで、じつに十六人のテロリストの死刑執行が執り行われ、十九世紀全体をとおしてこれにまさる「豊作」の年はなかったとされている。こうしたことをかりに書くとしても、もはや『悪霊』を執筆したときのような「カリカチュア化」さえ許されない状況があったと考えてよい。

処刑台のモチーフはない

カリカチュア化すらも許されない状況で、なおかつ皇帝暗殺のテーマを取りあげ、革命家たちの処刑までも描くとして、どんなやり方が可能だったというのか。

一八八〇年二月十四日、冬宮爆破事件からまもなく、ドストエフスキーはスラヴ慈善協会の総会で、アレクサンドル二世在位二十五周年を記念する祝辞を朗読している。絶大な権力をもつロシアの君主に祝辞を贈るにあたって、ドストエフスキーはかねてから抱いてきた君主主義の理想を説いた。その内容は内務大臣によって皇帝に報告され、皇帝は、スラヴ慈善協会による忠誠心の表明に対し、感謝の言葉を贈るように命令した。

ところが、現実に、アレクサンドル二世が、ドストエフスキーによるこの祝辞にある種の疑念を抱いていたことが知られている。

妻のアンナが記録していた。「大臣の言葉によれば、祝辞をお読みになった陛下は、スラヴ慈善協会がまさかニヒリストたちと連帯しているとは思わなかったと仰せられた」。

驚くべきことに、アレクサンドル二世は、反乱者の過去をもつドストエフスキーに対する嫌疑を忘れていなかったのだ。むろん、皇帝としては軽い冗談のつもりだったのかもしれない。しかし逆の見方をすれば、すでになんども暗殺の危機にさらされ、間一髪の事態をくぐり抜けてきた皇帝の疑心暗鬼は、それほどに強いものがあったということである。

もっとも、皇帝の冗談にもそれなりに正当な理由があった。ヴォルギンという研究者によると、スラヴ慈善協会の代表としてドストエフスキーが行った祝辞は、その精神的なラディカリズムにおいて政治的ラディカリズムと十分に呼応するものがあったという。

たしかにドストエフスキーは、そのあからさまな帝政賛美にもかかわらず、皇帝権力に反感をもつ若い人々の心と知性をも、一定程度とらえていた。それは何より、彼の文学のもつ問題意識の根源性にあった。

また、革命勢力は、彼らなりにドストエフスキーの文学に、自分たちにたいするなんらかのシンパシーがあることを、行間から読みとっていた可能性がある。ソ連時代の研究者グロスマンは、ドストエフスキーと皇帝権力とのかかわりを物語る資料を出版するに際し、最後の皇帝政権は「ドストエフスキーの遺言に沿った」政策を実現しつつあった、と書いているが、それははたしてどこまで正しかったのか。

これらもろもろの状況から推していえるのは、アリョーシャが皇帝暗殺者になるにせよ、コーリャがその代役をになうにせよ、処刑台のモチーフはないということである。もしもあるとすれば、暗殺者の行為は、一般の読者が許せないと思うほど卑劣なものでなくてはならない。先に述べた「ファナティズム」の問題が、ここにかかわってくるのである。

8　アリョーシャはどんな人間か

アリョーシャの変貌

そろそろ、アリョーシャ＝皇帝暗殺者説にとどめを刺さなくてはならない。これを否定するには、それを主張する論拠の甘さを徹底して洗いだす必要がある。これまでに言及してこなかったいくつかの証言と、研究にも目を配っておこう。

ドストエフスキーが親しかった劇場関係者の妻でソフィア・スミルノワという女性が、面白い証言を残している。スヴォーリン家での晩餐会（一八八〇年二月二十九日）で、ドストエフスキー自身が、アリョーシャは、「（続編を含む）『カラマーゾフの兄弟』のなかで、読者が見落としてならないロシアの社会主義者である」と述べたというのである。

たしかにアリョーシャは、やがて革命家になり、政治事件のために逮捕（考え方によってはさらに処刑）される可能性もあった。この仮説には、とうぜんドストエフスキー自身のぺトラシェフスキー事件の経験が生かされている（「死を待ちうけるというむごたらしい、底なしの恐怖の時間を耐えた」）。

かりにプロットがそう展開するにしても、そこには、乗り越えなければならない大きな障壁がひとつ存在する。おのずからそうなる、といった楽観論は許されない。つまり、アリョーシャのそうした「内面」の変貌を、どう必然的なものとして説明づけるかということだ。アリョーシャの人となり、あるいは考えを、どのようにして、政治的暴力をも認めるような性格なり世界観なりに変えていくのか。

そこで紹介するのは、アリョーシャ＝皇帝暗殺者を主張する、ソ連時代の研究者ブラゴイの意見である。

ブラゴイによれば、すでに「第一の小説」のなかに、アリョーシャのそうした変貌を示唆する箇所が見い出されるという。以下、要点を紹介する。

変貌の最初のきざしは、イワンとの会話のなかで現れる。第2巻にある「大審問官」の前に置かれた第5編3「兄弟、親しくなる」である。無神論者イワンはここで、戦略的に、アリョーシャにさまざまな「残酷話」をぶちまける。アリョーシャをゾシマ長老、すなわち信仰の世界から奪還するためである。

ある農奴の少年が地主の犬を傷つけてしまったため、地主はその少年を、母親の見ている前で裸にし、猟犬の群れをけしかけてかみ殺させた。この恐しい話のあとで、イワンはこういう。

「さあどうだ……こいつ（地主）を銃殺にすべきか？（……）言ってみろ、アリョーシャ！」

するとアリョーシャは、青白い、ゆがんだ笑みを浮かべてつぶやく。

「銃殺にすべきです！」（第2巻240－241ページ）

これをきいてイワンは「やったぜ！」と有頂天になって叫んだ。

次に、アリョーシャの信仰の揺らぎを暗示する場面。敬愛するゾシマ長老の遺体が腐臭を発したとき、アリョーシャはうろたえ、皮肉に「ゆがんだ笑み」を浮かべた。彼の内面に、いちじるしい変化がきざしていることを暗示する一文である。ここでは、ひたすら「正義」を求めるアリョーシャの姿が強調される。その後、「堕落」をそそのかすラキーチンに向かって、イワンが語った言葉をほとんどオウム返しに反復する。

「ぼくはべつに、自分の神さまに反乱を起こしているわけじゃない、ただ『神が創った世界を認めない』だけさ」（第3巻47－48ページ）

おだやかな人間が犯罪行為に走るとき

ブラゴイがさらに注目するのは、次の描写、すなわち、ゾシマの腐臭の後、「ガリラヤのカナ」の宴席の美しい夢を見たアリョーシャが、修道院の草地に思わず身を投げかける場面である。

彼は、地面に倒れたときにはひよわな青年だったが、立ち上がったときには、もう生涯かわらない、確固とした戦士に生まれ変わっていた。（第3巻108－109ページ）

この一文のもつあやうさについては、わたしなりに疑問を呈したことがある（『カラマーゾフの兄弟』第5巻「解題」213ページ参照）。「確固とした戦士」とは何か。これは、ドストエフスキーが序文で述べている「実践家」とどうかかわるのか。「戦士」と「実践家」との間に矛盾はないのか。「実践家」とは、地道なキリスト教の伝道者のことをいうのではないのか。それともそこには、政治的な活動家のニュアンスがこめられているのか。

ブラゴイによれば、この「戦士」は、いずれはリーザとの対話、協力を通して、いつでも政治の舞台に出て行ける状態に準備しているように見えるという。つまり「第一の小説」の目的は、アリョーシャを気高いヒロイズムにみちびくだけでなく、「カラマーゾフ力《シチナ》」とよばれる、肉欲と悪魔的な影の側面を露呈させることにある、と。

はたしてそうだろうか。「戦士」の一言を、アリョーシャが革命家となる伏線ととらえてよいのだろうか。わたしからすると、これは文字通り「革命的」というしかない解釈となる。「戦士」を「革命家」と読みかえるのは、短絡的にすぎるし、正統派の研究者として知られるブラゴイだけに、どこか頭ごなしに解釈を誘導している観を否めない。もっとも、「銃殺にすべきです！」と答え、イワンの口ぶりを真似て、『神が創った世界を認めない』だけさ」と息まいたアリョーシャの「弱さ」だけは、認めなくてはならない。そうでなければ、アリョーシャが「皇帝暗殺」の理念を抱くことなどとうていありえない話だからである。

ブラゴイの主張に沿って、もう少しディテールをたどろう。

アリョーシャのさらなる変貌に力を貸すのが、ラキーチンである。ゾシマ長老の死に際して起こった腐臭事件の後、ラキーチンはアリョーシャを、「ユダヤ女」グルーシェニカの家に誘導した。彼女は、日ごろから目をつけていたアリョーシャを「ひと呑み」するために、ラキーチンに報奨金まで約束して訪問を待ち受けていたのだった。

ラキーチンは、小粒ながらも、「第一の小説」全体にわたってトリックスター的な役割をにないつづける。『悪霊』にたとえるなら、さしずめピョートル・ヴェルホヴェンスキーの役廻りだが、むろん彼ほどのカリスマ性はない。

そもそも、ラキーチンはその名前からして奇妙であり、寓意的な皮肉が感じられる。この名前は、もともとロシア語で「ラキータ rakita」すなわち柳の木、ないしはエニシダの低木に由来する。聖書にくわしい読者ならすぐにピンと来るはずだが、ユダに裏切られたキリストが追っ手から逃げるさい、このエニシダのざわめく音で見つかったという逸話があり、裏切りものユダのイメージにつよく結びつけられる植物なのである。

アリョーシャがどのような運命をたどるにせよ、ラキーチンが「第二の小説」で、なんらかの裏切り行為を働くことはおそらくまちがいない。そしてこの関連から、ラキーチンの従姉妹であるグルーシェニカも、また別の意味で、アリョーシャの運命になんらかの役割を果たしそうな気がする。

そこで、革命家に変身する、ないしは皇帝暗殺の考えを抱くかもしれないアリョーシャの人間くささを、あるいは反キリスト的な側面を暗示する場面を紹介する。

リーザとのシンクロ現象

アリョーシャの元いいなずけであるリーザは、表面はいかにも無邪気で、アリョーシャの欠点を明るく笑いとばすお茶目な娘ながら、そのじつ複雑に引き裂かれた内面をかかえもつ少女として描かれている。

「家を燃やしてしまいたい」あるいは「子どもの処刑をながめていたい」と口走り、邪悪な空想に身をゆだねる彼女は、もはや完全に自己コントロールを失っている。アリョーシャとの結婚がもたらす不幸をいち早く察知するのもリーザ自身だが（「あなたの奥さんになるの断って、ああよかったって」第4巻197ページ）、二人のそれぞれの個性は、対極的というよりも、むしろ双生児的な側面があることに注意しなければならない。いくつかの場面で、二人は驚くほどの協和的な関係をかもし出しているのだ。すぐに思いつくのは、悪魔の夢の場面である。

「悪魔たちが急にまたうじゃうじゃ集まってきて、すっごく嬉しそうに、またわたしのことを捕まえにかかるのね。で、またわたしが十字を切ると、いっせいに後ずさりするの。ものすごくおもしろくて、息がとまりそうになるのよ」

アリョーシャはそれに対して答える。

「ぼくもそれとまったくおなじ夢を、なんどか見たことがありましたよ」（第4巻205ページ）

たんなる同調ではない。ドストエフスキーによる暗示である。

しかし、何よりもアリョーシャとリーザの双生児的な側面をショッキングに示すのが、「おキツネさん」と訳したヒステリーの症状ではないか。酒に酔った勢いで父親フョードルがアリョーシャの母親を虐待した話をすると、それにシンクロするように、母親と同じヒステリーの発作が彼に起きてしまう。悪魔的なものに目覚めるたびに繰りかえされるらしいリーザのヒステリーと、きわめて近い関係にあることが何度か暗示され、そのたびにアリョーシャから離れたリーザの心に、つかのまの「再燃」が起こるのである。

革命家と怒りを共有するアリョーシャ

「第一の小説」におけるアリョーシャにたいする解釈は、人それぞれによって変わるにちがいない。わたし自身は、『カラマーゾフの兄弟』「解題」で、「オウム返しのアリョーシャ」というイメージをとおして、一見、冷静そうなアリョーシャの限界性を指摘した。だが、母親とのシンクロに見られるアリョーシャの激情的性格もある程度考慮しなければ、右に引用したリーザとのやりとりを正しく理解することは困難となる。

では、どのようにして、どのようなかたちでアリョーシャの感情に「スイッチ」が入るのか。「オウム返し」が、人間本来の激情的な叫びとなって噴出するのか。

むろん、「オウム」から「人間」への転換を、たんにヒステリーといった神経症にのみ帰するわけにもいかない。スヴォーリンの証言にもあるように、「真実を求め、その探求の過程で、自然と革命家になっていく」ことも大きな理由となるはずであり、一つの思想的な遍歴の到着点として、この問題をとらえる必要が生じてくる。

では次に、〝人民派〟と呼ばれた多くの革命家たちが共有しあった怒りを、アリョーシャもまた共有するきっかけとは何か。それはすでに、一八七九年からさかのぼる過去十三年のロシアの歴史に起こった、何らかの事件と見ることができるのか。

たとえば、もっとも直近の出来事として、先に紹介したドゥプローヴィン事件（前述130ページ）のほか、ドストエフスキー＝アリョーシャは、ヴェーラ・ザスーリチの事件に共鳴したということも考えられる。そもそも、アリョーシャの怒りは、「やがて」ではなく、「とつぜん」噴出しなければならない。それも、限りなく十三年後の今に近い時間でなくてはならない。しかし、たとえそうして「皇帝暗殺」の思いを抱くまでにはいたったとしても、その先の実行はありえない。

それまで内心の怒りをむきだしにすることのなかった人間がいきなり犯罪に走るというモ

チーフについて、たとえば、カラマーゾフ家の料理人スメルジャコフにかんして書かれた次の一節が参考になるかもしれない。

「多くの年月にわたってこれらの印象を溜め込んだあげく、ふいに彼はすべてを捨てて放浪と修行のためにエルサレムに旅立ったり、もしかすると故郷の村をとつぜん焼き払ったり、ことによるとその二つを同時に起こしたりするのかもしれない。民衆のなかにはかなりの数の瞑想者がいる」（第1巻339－340ページ）

ここでいう「瞑想者」については、ひとこと必要だろう。

作者はスメルジャコフを描写するにあたって、クラムスコイという十九世紀のリアリズム画家の一枚の絵を持ち出してきた。冬の山道を、帽子をかぶり、頬髯をはやした一人の若い男が、腕を組んだまま歩き、目をかっと見開いて前方を見つめている絵である。ドストエフスキーはなぜ、この一枚の絵に着目し、それをスメルジャコフに重ね合わせたのか。

印象的なのは、その前方を見つめる目の厳しさである。そこには何か内にひめられていた凶暴な意志が感じとれるのだが、一般にこの絵のタイトルである「瞑想者（sozertsatel, meditator）」とは、ロシア正教から分離された異端派の一つである鞭身《べんしん》派（ないし去勢派）に属し、さまざまな幻視状態に陥った信徒たちを指すならわしだった。ということは、この一枚の絵は、むしろ「皺がふえ、顔も黄ばんで、去勢派宗徒みたいな」（第1巻336ページ）感じで、モスクワでの料理人修業から戻ったスメルジャコフの風貌をなぞらえるというより、スメルジャコフ自身の、神秘主義的な資質を暗示したものといってよいのである。

ジェームズ・ライスは、こうした宗教的かつ神秘主義的な資質と、スメルジャコフに具現される暴力的な本能が、「第二の小説」での「キリスト教的社会主義者」としてのアリョーシャの資質を暗示するととらえる。女性革命家ヴェーラ・ザスーリチは、まさにそうした福音主義的な社会改革の思想を抱いていたことが知られている。そして事実、一八七八年三月三十一日に行われた彼女の裁判を、ドストエフスキーも傍聴していた。

では、どのようにして、キリスト教の布教者であるアリョーシャが、皇帝暗殺の理念を抱くようになるのか。何が彼を決定的に走らせることになるのか。

ここはもう、空想に空想を膨らませなくてはならない部分だが、残念ながらそのための手がかりはいちじるしく少ない。アリョーシャをとつぜん「皇帝暗殺」の容認へ駆り立てる事件は、歴史上すでに知られている事件か、あるいはその「事件」は完全なフィクションとして扱われるのか。この問いはいつまでもつきまとう。

たとえば、モークロエでの予審の終わりにドミートリーの夢に現れ、彼を新たな更生に向かわせる「餓鬼《がきんこ》」の存在に匹敵する「事件」が起こるのか。

皇帝暗殺の思いは、噴出する憎しみや怒りの結実として生まれるのか、それともロシアの現実に対する冷静な歴史的判断から生まれるのか。あるいは、神がかり的なヒステリーの発作から、なかば無意識的に、激情的に突っ走るのか。皇帝暗殺の思いを抱いたアリョーシャは、テロルの嵐のなかで、徹底して無力な人間として生きることになるのか？

アリョーシャの教えと十二人の子どもたち

ブラゴイの解釈は、多くの点では説得力をもち、心理小説としての『カラマーゾフの兄弟』の一面を、最大限いかしたものとなっている。

ところで、「エピローグ」にも、そうしたアリョーシャの「不吉な」変貌を示す箇所がある。それは、イリューシャの葬儀にさいし、少年たちに向かって大きな石の前で行なうアリョーシャの演説のなかにみられる。コーリャにたいして「不幸になる」と予言したアリョーシャの、悲劇的というしかない予想であり、予言である。

「もしかしたら、ぼくらはこれから悪い人間になるかもしれません。悪いおこないを前にして、踏みとどまれないときがくるかもしれません。他人の涙を笑ったりするかもしれません。さっき、コーリャ君は、『人類全体のために死ねたら』と叫びましたが、そういう人たちを、意地悪くからかったりするかもしれません。でも、ぼくらがどんなにか悪い人間になっても、そうならないように祈りますが、こうしてイリューシャを葬ったことや、最後の日々あの子を愛したことや、今こうして石のそばで、ともに仲良く話しあったことを思い出したら、どんなに惨たらしい、どんなに人をあざけるのが好きな人間でも（……）、いまこの瞬間、ぼくらがこれほど善良な人間であったことを、心のなかであざけることなんてできないでしょう！（……）ぼくが、こんなことを言うのは、ぼくらが、悪い人間になるのを恐れるからです」（第5巻58－59ページ）

目の前に、「十二人ほど」の少年たちがいる。この「ほど」については少しふれたが、おそらく正確には十一人ではないか、と想像する。そう、死んだイリューシャを入れて十二人！　キリストの使徒の数そのもの！　興味深いことに、一九九〇年にロシアで制作された映画「少年たち」でも、やはり十一名の子どもが登場していた。いずれにしてもここは、イエス・キリストが弟子たちを目の前にして説教する構図である。

この演説のなかで、未来のキリストたるアリョーシャは、いきなり自分たちが「悪い人間」になるかもしれないと予言する。唐突なだけに、より深くアリョーシャの予言者的な直感を吐露した言葉といえるかもしれない。しかし、これは何よりも、ドストエフスキーが「第二の小説」を意識してアリョーシャに語らせた言葉と考えるべきだろう。

もちろん、十三年後の今も、この少年たちがすべてアリョーシャのもとに踏みとどまっているというふうには空想できない。現に、アリョーシャは、「まもなく別れ別れになります」と言明しているではないか。またコーリャが、自分を信奉するスムーロフ少年と、その後十三年間も友情を保ちつづけると想像することも、常識的にかなり無理がある。

関連して少年たちの未来をここで空想するならば、むしろこのうちの何人かが、革命運動に加担していくと考えたほうが自然ではないだろうか。ドストエフスキーが「第一の小説」で固有名詞を残したのは、コーリャ・クラソートキンと死んだイリューシャを除けば、次の五名だった。このうちの何名が「第二の小説」の脇役を張ることになるのか。

1　スムーロフ（左利き、コーリャの二級下、金持ちの役人の息子）
2　ボロヴィコフ（火薬の製法を聞いてきた少年）
3　ブールキン（火薬のことで父親に叱られた少年）
4　カルタショフ（愛らしい顔立ちをした十一歳くらいの少年）

5　トゥジコフ（「ぼく［コーリャ］より年下のくせして、頭半分ぼくより高い」）

ここに挙げた五人の少年のうち、この少年だけは「第二の小説」に残るだろう、と例外的に特定できる名前がある。それが、カルタショフである。なぜなら、『カラマーゾフの兄弟』の単行本化に際し、作家は、この少年に対してだけ名前の変更を行なっているのだ。

雑誌での初出のさい、ドストエフスキーはこのカルタショフに「シビリャコフ」の名前を与えていた。「シベリアっ子」を意味するこの名前を「カルタショフ」に変えた理由は、コーリャの未来に予測される軋轢ともかかわってくるにちがいない。ドストエフスキーはカルタショフという名を意図的に用いたのだが、そもそもの語源である「カルターヴィチ(kartavit)」には、「rとlをあいまいに発音する」の意味に発して、じっさいには、「嘘をつく、自分をあざむく」といった派生的な意味がある。

では、そのほかにだれが「十二人」の候補者に入るのか？　革命結社のメンバーは必ずしも十二名でなくてもよいのではないか？　ペトラシェフスキーの会でもっとも急進的だったメンバーの数、七名ということも大いにありうるはずだ。

もしかすると、ノヴゴロド駅の構内に住んでいる十三歳から十五歳の男の子六、七人のうちだれか、ということもある（うち二人が「わたしたちの町の出身」とあったことを思い出してほしい）。ただし個人の名前は残されておらず、そもそも具体名で彼らに言及するすべがない……。

作家の病気

ブラゴイは、革命家に転身するアリョーシャの行動を内在的に分析してみせたが、最晩年のドストエフスキーの作品にも、そうした兆候が見られたと書いている。その例の一つに挙げているのが、「作家の日記」に挿入されたエピソード風の自伝的小品『百姓マレイ』（一八七六）である。

「狼が来た」との声にひとりおびえ、逃げかえる少年を、畑仕事をしていた百姓マレイが節くれだった手でやさしくなぐさめてくれるという「心あたたまる」エピソードだが、そのときマレイが口にする「キリストさまが守ってくれる」は、長く、シベリア時代に起こったドストエフスキーの「キリストへの改心」を印象づける一文とされてきた。

ところが、この小品の草稿には、じつはさまざまな「マレイ」像が描かれ、そのなかの一人は、とつぜん、暴力的な野蛮さを発揮する人物として描かれているというのである。

「マレイは小さな自分の雌馬をとても可愛がり、この馬のことを「乳母」と呼んでいる。そしてイライラが高じてくると、内なるタタール人がとつぜん顔をだし、この「乳母」の眉間を鞭で叩きはじめる」

鞭打たれる哀れな馬のイメージは、『地下室の手記』や『罪と罰』の読者にはなじみぶかいものである。「第一の小説」のペレズヴォンも、まさにこの系列に属する動物である。要するに、ドストエフスキー＝敬虔なキリスト者という神話的仮面を剝ぎとろうというねらいをもたされている。

ブラゴイの説を支持し、アリョーシャ＝皇帝暗殺者説をとるライスは、アリョーシャの「変貌」を彼の「ヒステリー症」に関連づけている。

知られるように、ドストエフスキーは、若いときから「癲癇」を終生の病として、かかえてきた。ドストエフスキーが発作に見舞われるのは、平均して月に一回。二十六歳のときに本格的な診察を受けたが、その後も症状が和らぐことはなく、とつぜんの発作にみまわれ、七転八倒の苦しみに耐えてきた。人生は、毎日が臨終のようなものであった。

発作の直前には、「至福、調和的平和、究極の思考」のような恍惚感が訪れることがあり、またそれは「いいしれず官能的」であるとも書いている。しかしいったん発作が起こるやいなや、三日から十日ほどにわたってほとんど心身喪失の状態に陥ってしまう。ぼんやりとした罪の意識、妄想性の幻覚、恐れ、そして「神秘的な恐怖」が続くのである。

アリョーシャのような特異体質、つまりヒステリー（の発作）で地面にくずおれ、何か恍惚にも似た啓示を受け、好戦的な人物（「戦士」）として復活するというエピソードは、作家の病によってしか説明できないと、ライスは書いている。

「醜悪な自我」のとつぜんの発露

ライスの論拠を裏づけるエピソードが、校正者としてドストエフスキーと仕事をしたことのあるワルワーラ・チモフェーエワ（一八五〇－一九三一）によって書かれている。

ドストエフスキーとじかに原稿の受け渡しを行っていた彼女は、作家が極度の精神的不調に陥っている時に出くわすこともしばしばだった。病気だったり、精神的に疲れていたりすると、叫んだり、机を叩いて彼女を震え上がらせ、彼の「醜悪な自我」が、猛烈な勢いで顔をのぞかせるのである。あるときなどは、「ミナレット（イスラム寺院の塔）の中のイスラム僧のように『反キリストがわれわれに近づいてくる、世界の終わりは闇だ！』と叫んでいた」こともあったという。

わたしたちがアンナ夫人の回想をとおして知っているドストエフスキーよりも、はるかに赤裸々に描き出されたドストエフスキーの姿がここにある。

ドストエフスキーの持病である「癲癇」については広く知られていたが、チモフェーエワからすると、作家がときどき見せるそうした突然の激昂は「うわごとか癲癇の幻覚」であると考えなければ、容易に説明がつかなかったらしい。

こうしてアリョーシャ＝皇帝暗殺者説を唱えるブラゴイ、ライスらの論拠は、それなりに説得力をもつように思われるのだが、彼らに決定的に欠けているものがあるとすれば、「第二の小説」の舞台となる一八七九年、ないしは八〇年という切迫した状況を背負いつつ執筆に向かうドストエフスキーの、政治的立場に対する視点ないしは配慮である。

病的ともいえるドストエフスキーの精神性からすれば、どのようなかたちでの「とつぜん」の現象が現れても不思議ではないし、たとえばアリョーシャをキリスト教徒からテロリストに、いきなり変貌させることもあながち不自然ではない。むしろ、そうした「変貌」こそ、ドストエフスキーの小説に求められているものであり、その魅力の本質だというのが、彼らの考え方の基本である。

しかし、問題は可能性そのものではなくて、むしろその現実的な可能性なのであり、その立場からすると、ブラゴイ、ライスらの考えに、わたしとしてはどうしても同意するわけにはいかなくなる。なぜならドストエフスキーは、そうした発作的な激昂、苦しみのなかでこそ、限りなく批評的かつ怜悧であり、事実、最終的にその作家による小説は、読む者を驚くべき浄化へと導く、たぐいまれなバランス感覚をもったものだったからである。

アリョーシャの「変貌」にドストエフスキーの病をそのまま重ねることは、あまり意味がない。むしろ、一八七九年から八〇年にまたがる時代状況での彼の政治的立場を冷静に見つめさえすれば、答えはおのずから出てくることだろう。

9　テロルと『カラマーゾフの兄弟』と検閲

秘密警察の監視とアリョーシャ

ドストエフスキー本人にかんして、忘れてはならない事情がある。それは、ペトラシェフスキー事件で逮捕され、シベリアでの十年間の辛酸をなめた彼が、流刑から戻ってから最晩年にいたるまで、秘密警察（皇帝直属第三課）の監視を受けていた事実である。

作家のエカテリーナ・レトコーワ（一八五六－一九三七）の証言がそれを裏付けている。一八七九年のはじめ、作家と会ったレトコーワは次のように語る（当時『カラマーゾフの兄弟』の第1編と第2編はすでに世に出ていた）。ドストエフスキーは、自分にはロシアの名士としての栄誉が待ち構え、皇族の主催によるレセプションにも招かれることがあったにもかかわらず、依然として秘密警察の監視下に置かれ、勝手に手紙が開けられている、思うに、こうした状態がおそらく死ぬまで続くだろうとつぶやいた、と――。

秘密警察による監視という事実は、当然のことながら、ドストエフスキーにたいし、つねに皇帝権力に対する「二枚舌」的な言動を強いる結果になった。逆に秘密警察は、小説や書簡などにみるそうした彼の「二枚舌」的な言動こそを疑い、監視していたともいえる。

ドストエフスキーに対する監視は、一八七五年の段階でその一部が解除されたが、その後も執拗につづけられた。作家と妻のアンナ夫人はたびたび、この件について当局に照会状を出したものの、必ずしも明確な返答が得られたわけではなかった。記録を見るかぎり、監視は、少なくとも一八八〇年三月三十一日まで続いていたことがわかる。

「第二の小説」のプラン決定、とくにアリョーシャが権力に対してとるべき姿勢にかんし、このことが大きな影響を与えたことはまちがいない。

十字架にキスするテロリスト

アリョーシャ＝皇帝暗殺者説はそもそも、一家の姓であるカラマーゾフという名前とかかわりがある。

一八六六年四月、貴族の出で、社会主義のサークルに加わっていた二十五歳になる青年が、散歩中のアレクサンドル二世を狙撃するという事件が起きた。皇帝に対するテロのはしりとされる事件である。

犯人は、ドミートリー・カラコーゾフという名前をもつモスクワ大学の聴講生で、国家転覆を企てるモスクワの秘密結社の一員であることがのちに判明した。

事件から四ヶ月後の八月十一日、最高裁は絞首刑の判決を下し、カラコーゾフは九月三日の早朝にスモレンスク広場で処刑された。ドストエフスキーは、このテロ事件が起こった直後、全身を震わせながら知人の家に駆けこみ、「皇帝が狙撃された！」と興奮して叫んだという。

一八六六年は、いうまでもなく、わたしたちが想定した『カラマーゾフの兄弟』の舞台となる年である。ちなみに、ロシアでは「カラコーゾフ」というのはよくある姓だが、小説で用いられている「カラマーゾフ」は、現実にはありえない「黒く塗る」という意味から転用された造語である。

つまり、『カラマーゾフの兄弟』の構想に着手したドストエフスキーは、十年以上も前の事件の記憶から、カラコーゾフの姓を掘りおこし、「カラマーゾフ」として脚色を加え、そのテロ事件を起源としつつ、『カラマーゾフの兄弟』を書いたことになる。だから、「第二の小説」のなかで取り扱われるのが「第二の父殺し」、つまり「皇帝殺し」であるという推測は、それなりに根拠をもつのである。

かりにアリョーシャでなくとも、たとえばコーリャがテロ事件の首謀者となり、処刑台にのぼる筋書きが用意されていたとするなら、処刑場に彼が引き出される場面は、カラコーゾフの絞首刑の記憶を隠れた背景にし、さらには彼自身が目撃したテロリストの銃殺の場面で締めくくられることになったかもしれない。想像するだけでも身の凍るような、劇的かつスリリングな幕切れである。

わたしがいま述べた処刑の場面とは、ロリス・メリコフ暗殺未遂事件のものである。『カラマーゾフの兄弟』の連載が佳境に入った一八八〇年二月二十日、国家公安委員長ロリス・メリコフが狙撃され、犯人で「人民の意志」党員のムロジェツキーは、二日後にセミョーノフ練兵場で銃殺刑に処された。処刑の直前、ムロジェツキーは神父による告解は拒んだものの、差し出された十字架には、ややためらったのちにキスをした。そのとき、見守っていた群衆から大きなどよめきが起こった。

ドストエフスキーもその現場を目撃していたが、十字架へのキスの瞬間、不愉快そうに顔をゆがめたという記録が残されている。「不愉快そうに」という言葉がドストエフスキーの心理状態を正確に映し出している言葉かどうか、保証のかぎりではない。

テロリズムと執筆の相関関係

ここで、作家の晩年のほぼ十年間におきた主なテロ事件と、『カラマーゾフの兄弟』の執筆・発表の状況をじっくり見ていただこう。両者には何がしかの暗示的な関連がよみとれるはずであり、そもそも『カラマーゾフの兄弟』という作品それ自体が、こうした時代状況から遊離したものではありえなかったことをご理解いただけるはずである。

一八六六年（以下、いずれもロシア暦）

四月四日　モスクワの大学生ドミートリー・カラコーゾフ、皇帝アレクサンドル二世襲撃、暗殺未遂（五ヶ月後、絞首刑）。

『罪と罰』執筆。この年の七月、ラスコーリニコフの事件が起こる設定。『カラマーゾフの兄弟』の殺人事件も同年の設定と考えられる。

*

一八七八年
年のはじめ、『カラマーゾフの兄弟』プランづくりに集中。

一月二十四日　人民主義者ヴェーラ・ザスーリチ、ペテルブルグ特別市長官トレポフを狙撃、重傷を負わせる。テロルの時代の幕開け。

三月三十一日　右事件の裁判を傍聴。

四月『カラマーゾフの兄弟』ノートに調査事項を書く（走る列車の下に身をひそめることが可能か、など）。

八月四日　憲兵総監メゼンツェフ、刺殺される。ナロードニキの革命家、セルゲイ・クラフチンスキーによる。

ドストエフスキーはこの事件にふれたあと、「長編（『カラマーゾフの兄弟』）執筆中だが、はかどらない。入り口でつまずいていて、憂鬱」と編集秘書プツィコーヴィチに手紙。なお、後任の総監ドレンチェリンも、七九年三月十三日に襲撃される。

十一月七日『カラマーゾフの兄弟』第1部第1編「ある家族の物語」、第2編「場違いな会合」の原稿を「ロシア報知」にわたす。七九年一月号に発表される。

十二月半ば、ドゥプローヴィン事件起こる。序文、この時点で追加される？

十二月『カラマーゾフの兄弟』の詳細なプランを印刷全紙、約十台分書く。

一八七九年

一月三十一日　第1部第3編「女好きな男ども」送る。「この一編は、小説全体のバランスから一冊に収めるよう頼む。わたしはこれを成功作とみている」（リュビーモフ宛ての手紙）。二月号に掲載される。

二月、ハリコフ県知事クロポトキン射殺。

二月末、三月。キエフ、モスクワ、オデッサでスパイが殺される。檄文がとぶ。
三月十二日『カラマーゾフの兄弟』は新聞でも知られるように、宮中、街の公開朗読会でも大きな評判をとっている」（プッィコーヴィチ宛ての手紙）
三月十三日　ミールスキーが憲兵総監ドレンチェリンを襲撃。謀殺未遂。
三月二十日　ブルンスト夫妻の娘拷問事件の審理、「声」誌の記事になる。『カラマーゾフの兄弟』第2部第5編「プロとコントラ」4「錯乱」で取り上げる。
二、三月　第2部第4編「錯乱」執筆。四月号に掲載される。
四月二日「土地と自由」党員A・ソロヴィヨフ、皇帝アレクサンドル二世を襲う。未遂。三発狙撃。皇帝は「歩兵操典」にあるように地面を這い、左右に大きく身をかわして逃れた。

五月三日「最近の（暗殺未遂）事件にはふれずにおく」（プッィコーヴィチ宛ての手紙）

五月十日　第2部第5編「プロとコントラ」の前半を送る。「ここを長編の山にしようと思い、仕上げるのにたいへん苦労した」。五月号に掲載される。

五月二十八日　皇帝狙撃犯ソロヴィヨフ絞首刑。

夏　スターラヤ・ルッサでアンナ・コルヴィンの家をたびたび訪問。コルヴィン夫妻は、パリ・コミューンの闘士だった。

六月九日　第2部第5編「プロとコントラ」の後半を送る。六月号に掲載される。

七月八日「ドイツのエムスに行き、第6編を送ることを確約。一八八〇年には第3部を連載、完結したい。この作品はこれまでのとは違い、厳しいもので、なんとか成功させたい。可能なかぎり明確にしたい考えがある」（「ロシア報知」編集者リュビーモフ宛ての手紙）

八月七日　第2部第6編「ロシアの修道僧（原題はPater Seraphics）」を送る。「ここは長編の頂点だ」(リュビーモフ宛ての手紙)。八月号掲載。

八月十五日　「土地と自由」党が分裂、テロ活動をめざす「人民の意志」誕生。八月二十六日「人民の意志」実行委員会は皇帝暗殺を決議。秋、暗殺班を組織する。

八月十六日　第3部第7編「アリョーシャ」(原題「グルーシェニカ」)のうち1～3章分送る。

八月十九日ごろ　第3部第7編4「ガリラヤのカナ」を送る(「ことによると全体でもいちばん重要な部分」リュビーモフ宛ての手紙、九月十六日)。第7編が九月号に掲載される。

九月半ば～十月半ば、第3部第8編「ミーチャ」前半を執筆。十月半ばに送付する。十月号に掲載される。

十一月十五日　第3部第8編「ミーチャ」の後半を送付。十一月号に掲載される。「(第8

編には）とつぜん新しい人物が続々登場」（十一月十六日、リュビーモフ宛ての手紙）。

十一月十九日　モスクワ近郊、「人民の意志」派、皇帝の乗った列車を狙い、鉄道線路下のダイナマイトが爆発。未遂。

十二月二日　「ロシア報知」発行人カトコフに、「連載を来年に繰り越す」の詫び状を書く。

十二月三十日　ペテルブルグ学務区長ヴィルコンスキー、朗読会での聴衆の熱狂的な反響に驚き、この日以降の「大審問官」の朗読を禁じる。

一八八〇年

一月十四日以前　第3部第9編「予審」を送付する。一月号に掲載される。

二月五日　「人民の意志」実行委員会の支援により、大工ハルトゥーリンが皇帝暗殺を企て、冬宮爆破事件を起こす。多数の死傷者。

二月十四日　スラヴ慈善協会総会での皇帝在位二十五周年を祝うドストエフスキーの祝辞に対し、皇帝が「スラヴ慈善協会がニヒリストたちと連帯しているとはまったく思わなかった」と述べる。

二月二十日　「人民の意志」ムロジェツキー、国家公安委員長ロリス・メリコフ襲撃。未遂。ドストエフスキーはこの事件に驚き、政策が変わることをおそれる。癲癇の発作。スヴォーリン来訪。「第二の小説ではアリョーシャが革命家になる」と語る。

二月二十二日　ムロジェツキーがセミョーノフスキー練兵場で処刑され、ドストエフスキーもこれを目撃する。

二月二十六日　ロマノフ邸の書斎で死刑と流刑の話をする。

三月十日ごろ　秘密警察の監視を解いてくれるよう申請書を出す。

三月末か四月初め　第4部第10編「少年たち」を送付する。四月号に掲載される（「少年たち」の予備中学生の服装の描写が不正確であることを気に病む)。
四月十三日 「コーリャ・クラソートキンの年齢をひとつ上にすることについて」触れる(リュビーモフ宛ての手紙)。
五月 多忙その他で『カラマーゾフの兄弟』の執筆が滞る。
六月八日 プーシキン記念祭で講演。大絶賛をあびる。(リュビーモフの回想記から「『悪霊』を(反動的だとして)嫌った七十年代の前衛的な青年層も、この講演以来「催眠術にかかったように」態度を変えた」)
同日 ドストエフスキーの講演の人気ぶりを懸念し、なんらかの処置を求める匿名の文書が、秘密警察(皇帝直属第三課)に寄せられる。
七月六日 第4部第11編「兄イワン」前半五章分を送る。七月号に掲載される。
夏『カラマーゾフの兄弟』の一部を戯曲にしようと考える。

七月十七日　一気に三台分書く。

八月十日　第４部第11編「兄イワン」後半を送付。八月号に掲載される。

八月十七日　皇帝を狙い、列車爆破事件。未遂。

九月七日　強度の発作（「思考力停止、別の時代に入ったかのよう、妄想、憂鬱、罪を犯して追われる気分……」）。

八、九月　第４部第12編「誤審」を執筆する。はじめの四章が九月号に掲載される。残りの十章分は十月号に掲載される。

十月十八日「二十日から『カラマーゾフの兄弟』の「エピローグ」にとりかからねばならない」（ポリワーノワ宛ての手紙）

十一月四日　ペトロ・パヴロフスク要塞で、革命家Ａ・クビャトコフスキーとＡ・プレス

ニャコフが処刑される。ノートにこの件を記す。

十一月八日　「エピローグ」を送付する。十一月号掲載。「やっとこれで長編が終わった。執筆三年、連載二年、意義深い瞬間。クリスマスまでには単行本にしたい。あなたとはこれかぎりにしたくない。あと二十年は生きて書きたい」（リュビーモフ宛ての手紙）

十二月はじめ　単行本『カラマーゾフの兄弟』二分冊で刊行。

絶賛のなか、「全編、矛盾と不合理の連続」（チュイコ）という批評も出る。

一八八一年

一月　復刊を許可された個人雑誌「作家の日記」の一月号の原稿を執筆する。

一月二十五日深夜　ペン軸を拾うために重い棚を動かそうとして喀血する。

一月二十八日　夜八時四十分、死去、享年五十九歳。

三月一日　皇帝アレクサンドル二世、「人民の意志」のテロリスト、グリネヴィツキーに爆殺される。犯行声明文、出される。

壮絶な暗黒史といわねばならない。『カラマーゾフの兄弟』は、まさにテロルの時代の産物だった。

「皇帝暗殺」は書けたか

ここで、一つの根本的な問題に立ち返らなくてはならない。ドストエフスキーにとって、「第二の小説」を書いていくうえで生じた現実的な制約は何であったか、ということである。端的に言うなら、検閲制度とのかかわりである。

ドストエフスキーにかかわる証言や手紙からも明らかなように、当時は皇帝権力による検閲制度が一般化していた。一八六五年四月の改革で、すでに事前検閲が廃止されていたとはいえ、それにかわる懲罰検閲の施行によって、当局は書籍、雑誌を問わず、印刷物のゲラ刷りを入手し、危険と判断できたばあい、即座に発行停止の処分を下すことができた。

『カラマーゾフの兄弟』についていうなら、作家の没後すぐに、これを舞台化しようとの試みがなされたものの、検閲当局はその後二十年にわたってこれに干渉をつづけ、実現させなかった経緯がある。その理由は、作品内に「現存する社会に対する絶えまないプロテスト」が見られるから、というものだった。

それだけの制約があるなかで、たとえフィクションとはいえ、そもそも「皇帝暗殺」というテーマをおおっぴらに活字にできたのか、という問題がある。

わたしの考えでは、〝イエス〟。ただし、むきだしのかたちで皇帝暗殺を書くことはできなかったはず、というのが答えである。つまり、皇帝の死そのものを扱うことはどんなことがあっても許されない。たとえ、執筆中にそのような事件が起こったとしても、である。当時の検閲の実例から、ほぼまちがいないと断定できる。

では、「第二の小説」に「皇帝暗殺」が描かれるという数々の証言や観測には、どんな根拠があったのだろうか。作家自身が、揺らぎだした皇帝権力を見かぎり、万が一の場合には亡命も覚悟して、次なる時代への乗換えを試みようという不敵な反抗心の証だったか、あるいは見かぎらずとも、すでに皇帝権力を死に体としてみくびっていた印ととらえることができるのか。そもそもドストエフスキーからじかに話を聞いたスヴォーリンは、作家が「皇帝暗殺」を描くことを本気で可能だとみなしていたのか。翻って、一時の興奮にかられたドストエフスキーは、それでも相手の素性を見きわめたうえ、一種の「読者サービス」のつもりでそう口にしただけなのか。

もっとも、アンナ夫人にたいしてだけは、そうした「サービス」など不必要だったろうし、自分の本心を隠す理由もなかったろう。その夫人が「皇帝暗殺」説を伝えているのだから、絶対的な強みがある。

けっきょく唯一可能なのは、あらためて言うが、これを「皇帝暗殺〈未遂〉」事件として扱う場合のみである。

現実に皇帝暗殺未遂事件が何度か起こっていることを考えれば、少なくともそれを小説の主題とすることは可能であり、なおかつ皇帝による恩赦というモチーフを前面に出せば、皇帝の威厳は増し、反権力のそしりを受ける恐れもない。

誰が暗殺犯になるにせよ、暗殺は試みられるが、犯人の若さを勘案した皇帝の恩赦がくだる。死刑判決がとうぜんの報いであるとするなら、この「恩赦」は歴史的な意味を帯びることになる。そしてこの結末は、皇帝に対しても隠された教訓の意味をおび、革命家たちと皇帝権力のあいだに、奇跡にも似た和解が生じるかもしれない。作家の想像力はそこまで射程をのばしていたのかもしれないのである。

象徴層のドラマ

おそらく読者のみなさんは、わたしがすでに「空想」ではなく、「妄想」の域に入りこみつつあることを懸念されていることだろう。だがわたしとしては、これがただひとつ、考えうるプロットなのである。なぜならそれこそ、作者が二十代の終わりに経験したペトラシェフスキー事件での逮捕、死刑判決そして皇帝による恩赦という、青春時代の経験の意味を問う試みにもなるはずだからである。

つまり、このようなプロットを組み立てることで、ドストエフスキーはそこに自らの体験を投影させることができる。「第二の小説」においても、作者の自伝層はかぎりなく重い意味をになうことになるということである。

ドストエフスキーが若い日に経験した死刑宣告は、強烈な傷を心に残した。処刑の直前に恩赦がくだり、オムスク監獄での四年間の徒刑に減刑されたが、その恐怖は、じっさいにそれを味わったものでなければとうてい理解できるはずがないものであった。

『カラマーゾフの兄弟』の第4部第12編「誤審」では、検事イッポリートの口をとおして処刑場にひかれる死刑囚のなまなましい心理が延々と描かれているが（「処刑の場まで」通りがあとひとつまるまる残っている……」第4巻575ページ）、これはまさしくドストエフスキー本人の二十八歳の体験そのものであった。あるいは、まさに、ドミートリー・カラマーゾフが、ドミートリー・カラコーゾフに変じた瞬間の描写といっても過言ではない。

しかし、おそらくはそのとき経験された恐怖そのものが、自伝層のドラマの中心となることはなかったろう。なぜなら、彼はすでに『白痴』のムイシキン公爵の口をとおして、その恐怖を余すところなく語っていたからである。では、自伝層にとってこの事件の何が、問題になるはずだったのか。

それはもちろん、「父殺し」にかかわる、ドストエフスキーの内心のドラマである。

つまり、「第二の小説」における自伝層でのドラマを探ることが、決定的な意味をもつことになる。わたしは先に、『カラマーゾフの兄弟』の三層構造についてかんたんな説明をほどこしたが、「第二の小説」にかんしてとりあえず言えることは、物語層が、なんらかの皇帝暗殺のプロットになるということだけである。そこで次に、象徴層におけるドラマが何であったのかを、せめて推測だけでもしておかなくてはならない。

「第一の小説」を思い出してみよう。ここでの象徴層の最大のドラマが、第2部にあったことはいうまでもないことである。主題の軸はおそらく三つあった。イワンとアリョーシャの世界観の対立をなぞるかたちで「大審問官」とゾシマの「談話と説教」という巨大な対立軸が存在していた。まず、イワンの世界観では、次のような二項対立の問題が提示されていたはずである。

①キリストか、専制か
②善か、悪か
③自由か、パンか

わたしたちの歴史は、この三つの二者択一からつねに後者を選んできたというのが、イワンの根本的な認識である。これがすなわち「象徴層」のドラマだったのである。

では、「第二の小説」での象徴層のドラマとはどのようなものか。どのような対立軸をめぐって議論は進んでいくのか。そもそも、誰と誰が対立するのか。

ここまでのつっこんだ議論に対して、少なくともいまのわたしに、責任をもって答えるだけの力はない。しかし、テロルの時代という現実を抜きに、その議論が抽象論に終わることはありえなかったと、少なくとも推測できる。

「大審問官」で提示された問題は、ある意味で皇帝権力にたいする擁護ともとれる内容を含んでいた。なぜなら、「大審問官」の舞台、十六世紀のスペインは黄金時代であり、その黄金時代は、まさに異端派にたいする弾圧によって成り立っていたからである。

これをそのまま十九世紀ロシアに置き換えれば、アレクサンドル二世のもとで農奴解放が発令され、資本主義化の第一歩が踏み出された時代となる。皇帝権力が強力であればあるほど、民衆もそれなりにパンの恩恵にあずかることができるが、異端たち（＝革命家）の抵抗も、そのぶん強くなるはずである。

この関係をどうみるのか。大審問官にたいするイエスのキスはどういう意味をもっていたのか、承認のキスか、否認のキスか、読者も大いに判断に迷うはずである。見方によっては皇帝権力にたいするドストエフスキーのキスと考えても少しもおかしくはない。このドラマが、象徴層における議論の根本にあった。そして闘いは、二者択一的なものではけっしてありえなかった。そう、ドストエフスキーは、その双方を選んだ、つまりそのキスには二重の意味が含まれていたと考えることができる。

キリストと大審問官の和解を、善と悪の和解を、そして自由とパンの和解を――。

であるなら、「第二の小説」の象徴層のドラマはどう展開するのだろうか。テロルの時代を背景に、どのような議論が成り立つと考えていただろうか。問題となる舞台は、もちろん、「第二の小説」の第2部第5編である。

わたしはいまこんなふうに想像する。イワンに代わる強烈な個性と、ゾシマ長老に代わる強力な思想家が現れなくてはならない。そこでわたしがいま示すことができるのは、ただ一つ、「大審問官」伝説にしめされた自由かパンか、個人か全体か、あるいは人間の愛にかかわる、もう一つの議論のあり方である。

思想的な対立は、アリョーシャとコーリャとの間で行われる。

では、十三年後のいま、コーリャはどのような世界観をもつにいたったのだろうか。

第四章　「第二の小説」における性と信仰

10　リーザと異端派

兄イワンへのラブレター

「第二の小説」の象徴層を考え、アリョーシャとコーリャのかかわりを想像するまえに、もう一人、重要な人物に登場願わなければならない。リーザ・ホフラコーワである。

「若かったアリョーシャは、リーザ・ホフラコーワとの複雑な心理的葛藤を耐え忍んで成熟し……」

ドストエフスキー夫人アンナのこの証言に見られるように、十三年後、すでに二十七歳のリーザは、「第二の小説」のアリョーシャとの関係において、ますます重要な役割を果たしているはずだ。

もともとリーザは、「聖なる」アリョーシャを相対化できる視点の持ち主である。スネギリョフ二等大尉への二百ルーブルの「ほどこし」をさも得意げに語るアリョーシャに、その無神経さをやんわりたしなめてみせたのもリーザである。富裕な地主のホフラコーワ夫人のひとり娘である彼女は、アリョーシャと「婚約」を交わすが、同時に、アリョーシャの「聖性」をほかならぬ「欠陥」として正面から指摘することができるまれなる登場人物だった。

当時まだ十四歳、コーリャ・クラソートキンとほぼ同年代。コーリャとはまた別の意味で複雑に屈折した内面を隠しもつ少女として描かれている。愛すべき少女リーズが小悪魔リーザに変貌する瞬間をつぶさに描きだした第4部第11編3「小悪魔」は、その実例の宝庫といってもよい。

足を腫《は》らしたホフラコーワ夫人を訪ねたアリョーシャは、リーザの部屋に立ち寄ったその別れぎわに、リーザから一通の手紙を握らされた。

「渡してくださいね、必ず渡してくださるのよ！（……）今日じゅうに、今すぐにね！そうじゃないと、わたし、毒を飲むわ！　あなたを呼んだのはこのためなの！」（第4巻212ページ）

と彼女は叫ぶ。それは、イワン宛てのラブレターだった。

このセリフと、その直前にあるやはりアリョーシャへのセリフとの落差が、リーザの複雑な屈折を浮き彫りにしている（「わたしに必要なのは、あなたの涙だけ。ほかの人なら、だれがわたしを罰し、足で踏みつけにしたっていいの、みんながみんな、一人のこらず踏みつけにしてもね。だってわたし、だれのことも好きじゃないんだもの。よくって、だあれもよ！　それどころか憎んでいるくらいなんだもの！」同211ページ）。

ラブレターを握らせてアリョーシャを追い出したリーザは、ドアを閉め、鍵をかける。問題はその次の場面である。

いっぽうリーザは、アリョーシャが帰ると、すぐに、錠をはずし、ドアを少しだけ開いて、その隙間に指をはさみ、ドアをばんと閉めて、思いきり指をつぶした。十秒ほどして指を引きぬくと、彼女はしずかに、ゆっくりといつもの車椅子にもどり、背筋をぐいと伸ばしたまま、腰をおろし、黒ずんだ指と、爪の下からじわじわとにじみ出てくる血にじっと目を凝らしだした。唇が震えていた。彼女は早口に、すばやくつぶやいた。

「ああ、わたしって、なんていやらしい、いやらしい、いやらしい、いやらしい！」（同212ページ）

リーザの自傷行為

読んでいただければわかると思うが、これはリーザがわざとしたことである。常識的には、指を切り落とされたユダヤ人少年の苦痛への同化、好奇心と考えられる。だが、より根源的には、彼女のなかにひそむ自分の指を切断したい願望、自傷願望、マゾヒズム性の証である。

さらには、もっと深刻な意味合い、おそらくはのちに述べる「異端派」にまつわる暗示ないし伏線があったとわたしは思う。ここはいささか妄想めくが、もしかしたら彼女には、自慰でもたらされる興奮に由来する原罪意識があったと見ることもできるのではないか……。

翻訳するにあたって、わたしはここで引用した最後のセリフ、つまり「わたしって、なんていやらしい――」以下の部分を、あえて〈意訳〉した。原語では「なんて卑劣な」となるのが第一義的で、先行訳もおおむねそちらをとっている。しかし、それでは印象が散漫になり、リーザの内面から発せられる肉感的な叫びが伝わらない。そこで、あえて確信犯的に意訳を試みたのだ。

アリョーシャが成熟するためには、ゾシマ長老のいう「穢れ」を知ること、あるいはアンナ夫人のいう「ある複雑な心理的葛藤」を経なければならない。その「穢れ」すなわちカラマーゾフ的な「悪魔性」に目覚める場所は、やはりリーザとの関係にしかないと考えている。

すでにアリョーシャは、足の悪いリーザに聖なるものを感じながら、逆にそこに「虫けらの欲望」があることを自覚できていなかった。しかしいつの日か、自らの穢れに目覚めるような事件が起こる。

これは、「第一の小説」にあったゾシマの「腐臭」に対する混乱と、構造的には同じことで、要するに、聖性は悪魔とのせめぎ合いのなかからしか出てこない。端的に言って、倒錯である。つまりアリョーシャは、倒錯によって発見した喜びと、その克服という努力のなかから、みずからの悪魔性の発見に立ちいたる。

みずからの悪魔性の発見にいたるプロセスじたい、ロシア正教においては反キリスト的な行為であり、あるいは異端的匂いの強いものになる。先走った推論を許していただくなら、ひいてはそれが彼の分離派ないしは異端派への入信につながり、コーリャとの「大審問官」的な対決を経て、皇帝暗殺の容認に結びついていく……。ここに、「第二の小説」における象徴層のドラマがみられると考えられる。

リーザと父殺し

いっぽう「第一の小説」におけるリーザは、イワンに宛てた手紙の一件からも推察できるように、アリョーシャの兄イワンにたいして謎にみちた憧れと愛情を抱きはじめていた。自分のかかえる深い「闇」は、もはやアリョーシャの「聖性」によっては救われず、むしろイワンの「悪魔性」によってのみ癒されると直感した彼女の、サバイバル本能と見てよい。

「あの人（ドミートリー）がお父さまを殺したこと、世間のひとたちみんな、喜んでいるの」

「口では恐ろしいとか言いながら、内心ではもう大喜びなの。その一番手が、このわたしってわけ」（第4巻204ページ）

興味深いのは、リーザもまた、コーリャ・クラソートキン同様、父親不在の家庭で育っていることである。マゾヒストのリーザにとって、悪しきイワンは、善きアリョーシャよりもはるかに理想的な存在だったことが想像できる。

「第二の小説」、おそらくはその第1部第1編で記述されるはずのイワンとリーザの十三年間を考えるうえでは、「第一の小説」で暗示された関係性をしっかり問い直す必要がある。

母親ホフラコーワ夫人の言葉から知ることができるが、イワンは父親フョードルの訃報にモスクワで接し、スコトプリゴニエフスクに戻ってから二度、リーザのもとを訪れていた。それを、母親はあきらかにいやがっている様子である。おそらく、二人のあいだのただならぬ空気を察知したためだろう（「わたし自身、断りなしであんなふうな妙な訪問のし方をなさったものですから、イワンさんの出入りをお断りしたうえで、釈明を求めるつもりでおりましたからね」第4巻194ページ)。

また、リーザが書いた手紙のうちの少なくとも一通は、イワンの手元に残されている可能性がある(リーザからアリョーシャに託された手紙は、イワンが彼の目の前で引き裂いてみせた)。

いっぽう、イワンにも謎が残る。アリョーシャから手紙を渡されたときの侮蔑的な反応(「もう色目なんか使いやがって」第4巻254ページ)とはうらはらに、リーザに対し、イワンが抑えがたい関心を抱いていることが示される。悪魔の訪れを受けたイワンが、発狂の恐怖にさらされながら口走る「リーザが好きだ」「リーザもそのうち(自分を)軽蔑しだす」は、彼の隠された本心をもろに明らかにするものだ。

もっともカラマーゾフ的な男、イワン

自伝層の主役であるイワンは、スメルジャコフが指摘したように、じつはその知性のかげに「もっともフョードルに似た」カラマーゾフ力が横溢《おういつ》する男である。その意味で、ドストエフスキー自身にもっとも近い存在かもしれない。淫蕩への興味も、けっして父親に劣らない。たとえば次のようなセリフを読んでみよう。

「世の中の秩序なんて信じちゃいないが、春に芽をだすあのねばねばした若葉がおれにはだいじなのさ」（第2巻203ページ）

「いいか、残酷な人間、情熱的で、好色なカラマーゾフ的人間っていうのは、えてして子どもが大好きってことがあるもんなんだな」（同225ページ）

イワンの内にひそむ「カラマーゾフ力《シチナ》」の証としてしばしば引用される言葉だが、この言葉のもつ実質的なひびきは、むしろ性的なニュアンスをたたえている。その意味で、イワンとリーザの関係はきわめて多義的である。しかしこの欲望が、つまり「なぜかわからず好きになってしまう、そういう相手」にたいするイワンの欲望が、ジラールのいう三角形的な構造をもっていることもたしかである。

イワンが、登場するすべての女性に関心を抱いていることは、ほぼまちがいない。そもそもカテリーナとの出会いからして、兄ドミートリーのフィアンセという関係性の意識のなかで生じていたことに注目しよう。

とすれば、アリョーシャのフィアンセにたいしても、三角形的な欲望が働かなかったという保証はない。いや、「ねばねばした若葉」を愛するイワンの悲劇はまさにそこにあった。それにくらべると、殺される父親フョードルがなんとうぶな男に見えることか。

イワンのそうした欲望の特性を考え合わせるにつけ、「第二の小説」では、いや、少なくともこの十三年の間に、リーザとイワンのあいだになんらかの性的な関係が生じたと考えても不思議ではない。ドストエフスキーの想像力のもつ、反復的性格という側面を考慮すれば、容易に納得していただけると思う。

リーザは「第一の小説」ではまだ十四歳。ロシアにおける結婚年齢には「あと一年半」あるが、イワンとの関係は必ずしもそれに縛られるわけではない。もっとも、じっさいに二人の関係は、リーザが十六歳を超えてはじめて成立することになるだろうし、「第一の小説」の最後ですでに発狂状態にあるイワンが、心身ともに正常にもどるまでには少なくとも「一年半」はかかるにちがいない。

ともあれ、ここにこそ、アリョーシャが体験する「リーザとの複雑な心理的葛藤」の震源を見てとることができるはずである。最終的には、リーザはイワンの子どもを生み、それがアリョーシャにとって最大の試練になる。アリョーシャはそこではじめて「悪魔」のなせるわざを体験し、「地獄」をかいま見る。ゾシマの予言がついに実現するのである。

スヴォーリンの証言によれば、ある晩餐会の席でドストエフスキーは、「真実を求め、その探求の過程で、（人は）自然に革命家になっていく」と語ったとされる。この言葉をすなおに信じるなら、「第二の小説」でなんらかの「心理的葛藤」を経たアリョーシャが精神的に成熟をとげ、やがて革命運動に共感を抱くプロセスが第一に考えられる。そのなかで、宗教の力がどんな形でかかわっていくか、その見きわめが重要になる。要は、神をどう捉えるかという問題である。

思うに、ドストエフスキーのキリスト教観のなかで何よりも際立っているのは、キリストの存在そのものに対する信仰であった（「キリストより美しく、深く……完璧なものは何もない」「じっさいに真理がキリストの外にあったとしても、わたしは真理よりもむしろキリストとともにあることを望む」）。そうした理解は、かなり早い時期に培われたと見ることができるが、二十代の終わりにペトラシェフスキーの会に加わり、ユートピア的社会主義に入れあげていたときでも、忘れられることはなかった。そうして彼は、シベリア時代の試練を経て、いつかしら、「ロシアのキリスト」を全世界に向かって顕揚することこそがロシアの使命なのだ、とまで主張するようになるのである。

しかし、他方、ドストエフスキーのキリスト教理解には、いくつもの異なる要素が混在していた。それらの要素は、個々の主人公において語られる哲学のかたちをとることもあれば、語り手である作者の声として語られる場合もあった。

たとえば、イワン・カラマーゾフの世界観は、グノーシス主義でいわれる「反宇宙的二元論（Anti-cosmic dualism）」と呼ばれる理解のうえに立っている。この「反宇宙的二元論」とは、悪や罪といった否定的なプロセスが存在するかぎり、この世界は認め（られ）ないとする実存的な立場である。また、修道院でゾシマ長老の薫陶を受けたアリョーシャのキリスト教観には、あきらかに、汎神論とも通じ合う大地信仰が混じりあっていた。もともとロシア正教そのものが、スラブ異教の地に外部からもたらされたことから生じた二重信仰（異教的要素をたぶんに含んだキリスト教）に起源があった。

しかし、その強烈なキリスト信仰とならんで、ドストエフスキーの世界観を貫いていたのが、彼の小説にしばしば現れる、きわめてラディカルな終末論であった。教会を介さずにじかに直接的に神を経験すれば、また大地や自然との一体化という神秘的体験があればそれだけで神を信じたことになるという、ラディカルな感性である。それは、十七世紀の半ばに正教から「分離」させられた「分離派」ないし「旧教徒派」と呼ばれた異端派にきわめて近い考え方といってよい。

ドストエフスキーははじめ、そうした異端的志向に、ロシアにおけるキリスト教のもっとも本質的な可能性を見ていたふしがうかがえる。もっともそれはドストエフスキーに限られた話ではなく、たとえば若い時代の彼の精神的な父であるベリンスキーも、ゴーゴリに宛てた手紙で同じような趣旨のことを書いていた（「わが国の場合、宗教的精神の発揚が見られたのは、分離派の諸セクトのあいだにおいてのみであり、しかも分離派はその精神において民衆とはげしく敵対しているばかりか、数からいっても微々たるものにすぎません」）。

むろん、数の面では少数派にちがいなかった。だが、この分離派が民衆と敵対するというベリンスキーの考え方には、かなり一方的な側面があった。この手紙が書かれた一八四七年前後のロシアではすでに、分離派の勢いが無視できないほどの広がりを見せはじめていたからである（若いドストエフスキー自身も『女主人』という中編で去勢派のテーマを扱った）。神との直接的かつファナティックな同一化の願望、そして「瞑想者」という呼び名に見られる幻視的な傾向、超越的な感覚は、分離派に共通する感じ方だった。

分離派のなかでも最大の勢力を誇っていたセクトが、ダニール・フィリッポフという人物を開祖とする「鞭身派」であるが、性愛の否定を説きながら、その教義はやがて集団的なエクスタシーを肯定する道を開いた。文字通り「鞭で打ち合うことによって」自らに苦行を課し、そのことで法悦の道に至ろうとしたのである。

儀式はおもに風呂場で行なわれるならわしだが、恍惚感のなかで儀式自体がしだいに性的なオージー（乱交）に変貌していった。その結果、誰が父親ともわからない子どもが生まれ、男の子は「新しいイエス」、女の子は「新しいマリア」として、「船」と呼ばれる集団全体で育てあげられた。

野火の広がりのように

このような経験をともにする集団が鞭身派なのだとすれば、これはある人たちにたいしては世俗権力よりはるかに強い影響力をもつ。神と直接つながって教会と対立し、世俗権力を否定し、皇帝殺しの考えに傾くことも容易に考えられる。鞭身派は、野火の広がりのように圧倒的な力を得た。

この鞭身派の性的堕落を嫌いコンドラーチ・セリヴァーノフを開祖として現れたのが、去勢派であり、おもにこの二つのセクトは、対立と融合を繰り返しながらロシアの各地で勢力をきそい、十九世紀の中葉には皇帝権力も無視できないほどの広がりを見せはじめた。

『カラマーゾフの兄弟』に出てくる下男グリゴーリーは、鞭身派、去勢派に共通してバイブルとされたイサーク・シーリンの本を読んでいる。また、イワンとの最後の面談を行うスメルジャコフの部屋には、そのグリゴーリーから拝借したと思われる同じ本が、机の上に意味ありげに置かれていた（第4巻322ページ）。

だが、いったんは「去勢派宗徒みたい」と比喩の形で語られ、イワンの影響のもとで無神論の世界観をはぐくんだスメルジャコフが、小説の後半では、あきらかに去勢派のキリストとしての正体を明らかにしていく。フョードル殺害後、彼は神を発見し、おそらくは「去勢派の聖母《マリア》」と目される隣家の女性マリア・コンドラーチェヴナ（なんと父称が、去勢派の祖コンドラーチー・セリヴァーノフに由来している）のみちびきによって去勢派に加わったと考えられる。比喩の現実化ともいうべき事態が起こったのだ。

イワンとの最後の対面の場面で執拗に強調される「白」（白い枕、白い靴下のモチーフ）は、ドストエフスキーがそれとなく暗示した、去勢派の象徴色だった。

アリョーシャが向かう異端派

ロシアの異端派には、いくつものセクトがあったことが知られている。最大の勢力を誇ったのがすでに述べた「鞭身派」、それに「去勢派」さらには「逃亡派」などが代表的なものとして知られている。総じて、僧侶の存在を認めようとしないきわめて過激なセクトは、「無僧派」と呼ばれ、他方、僧侶の存在を認める「有僧派」もあり、こちらは教会とはもちつもたれつの関係を結んでいた。

では、スコトプリゴニエフスクを出たあと、アリョーシャは、どうなるのか。

終末論的な傾向のつよい逃亡派は、反キリストの降臨と支配をきらい、天国での幸福を求めてしばしば集団で焼身自殺することが多かったとされるが、アリョーシャはむろんそこまで過激ではない。彼のなかには、フェラポント神父のいまわしい面影と、ゾシマ長老のきびしい戒めが残されていたはずである。

第一の可能性として考えられるのが、鞭身派である。というのも、『カラマーゾフの兄弟』の雛形の一つである『無神論』と『偉大な罪人の生涯』のプランに、鞭身派の存在が書き留められているからである(「ロシアのキリスト教の一派、鞭身派に深く身を投ずるのです」「あるときはファナティックにして分離派の信者」)。ただし、この小説の主人公像は、どうみてもアリョーシャのそれとは異なっている。

「われわれの社会層に属し、かなりの齢で、それほど教養があるわけではないが無教養というわけでもなく、官等も低いわけではない。それが突然、もう相当な齢になって、神への信仰を失うのです」

しかるにアリョーシャは、二十歳の青年であり、十三年後のいまもまだ「相当な齢」と呼ぶわけにはいかない。だから、ここは、『無神論』と『偉大な罪人の生涯』のプランに共通する部分にのみ着目しておくほうがよい。つまり、異端派、とりわけ鞭身派への加入である。

では、鞭身派にとって性とは何であったか。

鞭身派を何よりも特徴づけているのは、アンチ・セックスである。彼らの精神的な教えの根底にあったのは、結婚の否定と、肉欲の完全な否定である。それゆえ、信者にたいしては、ありとあらゆる手段を用いて肉欲を撲滅することが至上の課題とされた。

肉欲の否定は、おのずから、子どもの存在にたいする蔑視となって現れた。すでに夫婦となった者は性交を避け、「兄と妹のように」暮らすことが求められる。ところが、この厳しいアンチ・セックスの戒めの結果として生まれたのが、これとはうらはらの、セクト内での極端な性的放縦である。しかしその放縦は、あくまでも神と交わるための儀式であり、いわゆる〝性〟ではなかった。なぜなら、それは、厭うべき性の巣窟である家族を否定し、家族関係を破壊させる大きな力として働くからである。

なんという教えだろうか。しかし、彼らのそうした極端な儀式を許容したものこそ、黙示録的な待望であった。この世の終わりにたいする期待のなかで、すべての日常的な関係性は断ち切られ、男女の性そのものが消滅する。

鞭身派に？　去勢派に？

アリョーシャが向かう異端派の第二の可能性として挙げられるのが、去勢派である。「第一の小説」の最後でスメルジャコフが加わったとみられる去勢派とは、性的快楽の源を根絶するという意味では鞭身派と軌を一にしながら、物理的にそれを現実化しようとした異端派である。

十八世紀半ば以降、去勢派たちは、性器をナイフで切断したり、ハンマーでつぶしたり、焼き鏝《ごて》で焼いたりするいわゆる「ペチャーチ」と呼ばれる行為を繰りかえした。しかしやがて、そうした入信の儀式が、人々の恐怖を招くという事情や、かえってそれが「臆病」のなせるわざであるとされ（スメルジャコフが去勢しているかどうかのヒントがここにある）、去勢の手術そのものは強制されなくなった。

かりにアリョーシャが去勢派に加わるとするなら、彼は、性的な快楽をタブー視し、たとえ結婚した夫婦でも性的関係をもたず、共同体内部での性行為を是とする鞭身派とは一線を画しながら、より精神的なもの、つまり肉体を捨てて魂そのもので生きるような道を選ぼうとしたことだろう。となると、「第一の小説」におけるスメルジャコフの立場を受け継ぐことになるわけだが、わたしの考えでは、いろいろな条件を無理なくあてはめた場合、「リーザとの複雑な心理的葛藤」を経たアリョーシャは、去勢派ではなく、むしろ鞭身派に行くことがいちばんふさわしいと考える。動機は後にふれるように複雑であると考えられるが、ドストエフスキーもおそらくそのような道を、想定していたのではないか。

さらに空想を羽ばたかせるなら、彼が教師になる「田舎」をオリョールやタンボフといった町に想定するのもいい。モスクワから南南西三五〇キロ地点にある町で、そこは歴史上、最初に去勢派のセクトが発見された場所であり、鞭身派と去勢派が共棲していた町としても知られる。オリョールはまた、『白痴』のなかで、去勢派の末裔と見られるロゴージンに殺される女主人公のナスターシャが、最後の夜に口にする土地の名前でもある（「オリョールに行こう」）。

アリョーシャは、その町で鞭身派の教義を学ぶうちに、新しい信仰を開きはじめる。そこに村人たちや、かつての村の学校の卒業生がだんだん集まってくる。そこには、コーリャの同志たち、スコトプリゴニエフスクに住む青年たちの一部も移り住んでくるかもしれない。

やがて、アリョーシャの弟子たち、つまり「カラマーゾフの子どもたち」のなかから、革命的な思想をもつ子どもたちが出てきて、ペテルブルグやモスクワに勉強しに行く。そこでさまざまな先進的な思想に触れ、やがてその一部が、どこかある程度大きな町、たとえば鉄道ターミナルのあるノヴゴロドに集結し、そこを訪れてくる皇帝の暗殺、という大計画が立ち上がってくる……。

ドストエフスキーのなかで、もともと、キリスト教による救いと、革命による救いという、二つの観念が拮抗していたから、アリョーシャの鞭身派への加入はけっしてありえない話ではない。そのばあい、コーリャとの思想的な対立は、まさにこのあたりを軸に展開した可能性がある。

分離派の多くは教会を認めず、皇帝をも反キリストとみなして、これを否定していた。極端に観念的である分離派と革命思想の一体化は、すでに『罪と罰』で提示されたテーマのひとつであったし、『悪霊』では、秘密結社の首魁《しゅかい》であるピョートル・ヴェルホーヴェンスキーが、一斉蜂起のために去勢派の連中を利用しようとたくらんでいた。それゆえ、たとえば若い鞭身派ないし去勢派たちが結託して皇帝暗殺に走る、あるいはアリョーシャがそれを容認するという構図は決して考えられないプランではなかった。

11 「第二の小説」のプロットを空想する

これまでの議論を総括して、確認のために、「第二の小説」の考えられるプロットの一端を書き記しておこう。

イリューシャの死と葬儀からまもなくアリョーシャは親戚の住むモスクワに戻り、中退した中等学校《ギムナジア》で一年を過ごした後、モスクワの大学でロシアの教会史を学んでいる。やがて三年が経ったとき、中学校を終えたリーザがとつぜんモスクワに訪ねてくる。彼女は妊娠三ヶ月の身重の体だった。アリョーシャは二十三歳、リーザは十七歳。結婚が許される年齢からすでに一年あまりが流れていた。

モスクワの大学を終えたアリョーシャは、リーザと乳呑児を連れてオリョール県の村学校の教員として赴任する。オリョール県を選んだのは、モスクワ滞在中、近所に鞭身派の一派がひそんでいることを知り、その現実を知りたいと願ったのである。彼は、リーザがみごもっている子どもの父親が誰か尋ねることをせず、オリョールの町で正式に結婚式をあげる。だが二人のあいだに性的な意味での夫婦関係は生まれない。

アリョーシャは、村の学校で歴史や地理も教えるかたわら、調査の目的で入った異端派のひとつ鞭身派に入信し、新しい神を求める。それは、ゾシマ長老の教えに深く背くものであった。鞭身派の人々のうちに、革命思想にかぶれる若者たちがいることを知り、徐々に興味をおぼえはじめた。彼らはしかし、去勢派へと鞍替えしてアリョーシャのもとを去る。ある日、アリョーシャは町で、一人の青年をはげしく鞭打つ警察隊の一行を目にする。「皇帝なき国家」をさけぶ若者たちのグループに対して、家宅捜査が入ったのだ。アリョーシャは狂ったように間に割って入るが、こんどはアリョーシャが鞭打たれる結果となった。

やがて彼の身に事件が起こる。リーザの生んだ子イリヤが、生まれてまもなくこの世を去るのである。リーザは絶望のうちに、自分がイワンによって誘惑され、誘われるままイワンのもとに走って、その子を宿したことを告白する。アリョーシャは、二重の衝撃のなかで、子どもの生命のもつかけがえのない重さにふれる。

こうしてアリョーシャは、鞭身派とも袂《たもと》をわかち、新たなセクトを創造する。それこそは、「カラマーゾフ派《シチナ》」であり、ゾシマ長老の教えをなぞるかのような、自然との無媒介の接触のなかに神をもとめる瞑想的なセクトだった。その存在を知った若者たちが村を訪れてくるが、そのなかにはスコトプリゴニエフスクからやって来た「少年」たちもいて、彼らは、「神の人」とアリョーシャを呼ぶ。

一方、コーリャは、自分がいま立ち上げようとしている革命結社の長にアリョーシャを招くため、足の悪いニーノチカをともなってモスクワから訪ねるが、アリョーシャは黙したままだった。コーリャは、かつて燃えるような思いをわかちあったアリョーシャと「カラマーゾフ、万歳！」を唱和できず、村を去る――。

「第二の小説」の構成、あるいは枠組み

「第二の小説」の内容を具体化するためには、まず全体の構成に想像をめぐらさなくてはならない。

しかし、すでに述べたように、ここにはある絶対的ともいうべき縛りが存在することを確認しておく必要がある。逆に、考えようによってはきわめて便利な枠組みが前もって与えられている。つまり、「第一の小説」の、緻密に考え抜かれた四部＋エピローグの構成である。

それを踏襲していくことが、「空想から科学へ」の誠実な取り組み方ということになる。
最初に述べたように、構成は、「第一の小説」の交響曲を思わせる音楽的な成り立ちと、基本的にパラレルに展開すると想定しなければならない。そのうえで、いくつかの大胆な仮説もふくめ、次のような構成とプロットを案出してみる。

＊タイトル『カラマーゾフの子どもたち』（"Дети Карамазовы"）

第1部第1編〈一日目〉
「第一の小説」に登場したすべての人物の過去十三年間の人生模様が記される。また、後に説明するフョードル・カラマーゾフ殺人事件の再審の様子が描かれる。スコトプリゴニエフスクを後にしたアリョーシャは、この十三年間のうちのかなりの期間を、モスクワとO郡で教師として過ごすことになる。

第1部第2編
舞台はN市のアジト。コーリャ・クラソートキンによって組織された革命結社の会合が描写され、皇帝暗殺の方法をめぐって最後の詰めの議論が続けられる。メンバーは、新しい異端派の祖として人望を集めるアリョーシャに、皇帝暗殺後の結社の長となることを再び求め、「新しい皇帝」として祀りあげる決議をする。メンバーの一人にカルタショフの顔もある。突然そこへアリョーシャが姿を現す。無言のまま去る。

第1部第3編

N市郊外。結社の会合を終えたコーリャとニーノチカ、およびアリョーシャとリーザの不安に満ちた一夜が描かれる。

第2部第4編〈二日目〉

アリョーシャ、リーザを引き連れて、N市からスコトプリゴニエフスクに帰る。かつて彼のもとに集った少年たちのうち、スムーロフ、ボロヴィヨフ、ブールキンと旧交を温める。

第2部第5編

その夜、コーリャがアリョーシャを追ってスコトプリゴニエフスクにやってくる。結社の決議を要請。二人は、テロルか融和かをめぐってはげしく議論する（ニコライ・フョードロフの思想、キリスト教的社会主義、ウラジミール・ソロヴィヨフの終末主義、「神人論」、異端派の教義についてなどが対象となる）。加えて、コーリャはカルタショフとの間の路線対立を告白する。議論の終わりに、アリョーシャはコーリャに、無言のキスを与える。コーリャは、深夜、そのままN市に戻る。

第2部第6編

アリョーシャの「手記」。十三年間の過去を振りかえり、ゾシマ長老の死、リーザとの出会いと別れ、グルーシェニカ（へ）の接近、村の教師としての生活、警察による鞭打ち事件、新セクト、カラマーゾフ派《シチナ》の教義についてが語られる。

第3部第7編〈三日目〉

？

第3部第8編

N市のアジト。コーリャによる同志たちへの報告。作戦の実行。爆薬を敷設する。

第3部第9編

N市近郊。コーリャ、カルタショフの家を訪ね、密告の有無をめぐってはげしくやりあう。死を要求する。その後、アジトに戻ったコーリャ、秘密警察によって逮捕される。家宅捜査。

第4部第10編〈二ケ月後〉

アリョーシャ、スコトプリゴニエフスクから、T市に、ドミートリーとグルーシェニカを訪ね、O郡に戻る。

第4部第11編

アリョーシャ、ペテルブルグへ向かう。

？

カルタショフ自殺。

第4部第12編
舞台はペテルブルグ。アレクサンドル二世暗殺未遂の裁判が仔細に描かれる。アリョーシャ、証言台に立つ？

エピローグ
恩赦——アレクサンドル二世によって、歴史上初めての皇帝暗殺者（未遂）にたいする特赦が下る。
コーリャの獄中生活。

『ドストエフスキー　父殺しの文学』のバージョン

ここで、参考のために、わたしがかつて提示したバージョンと比較していただけたらと思う。読者のみなさんにとっては興味深いのではないだろうか。

《第一部》

アリョーシャとリーザ・ホフラコーワの結婚が主題となる。幸せな結婚生活の後に、リーザは身籠もるが、自分の子ではないことが分かり、彼は家出する。イワンはカテリーナの献身的な介護もあり、長い闘病生活から立ち直り、彼女と結婚するが、彼女はまもなく結核で死ぬことになる。家出したアリョーシャは鞭身派に入り、新しい神を求めようとするが叶わず、コーリャ・クラソートキンらと革命結社を組織する。

《第二部》

シベリアの流刑地でのドミートリーの生活が主題となる。当初より模範囚として生きてきたドミートリーだが、釈放を前に小さな諍いがもとで懲罰にあい、脱走を企てたすえ、結局は病死する。悲嘆にくれてグルーシェニカがスコトプリゴニエフスクに戻ってくる。その彼女をイワンが誘惑する。しかしグルーシェニカはイワンを退け、修道院に入る。イワンは自殺を図るが、未遂に終わる。

《第三部》

あらたな革命結社を組織したアリョーシャは、皇帝暗殺のために奔走する。彼は、スターラヤ・ルッサで起こったドゥプローヴィン事件をモデルにした人物となる。皇帝がノヴゴロドの寺院に詣でたとき、列車爆破を試みるが、失敗する。その直後、新たな暗殺計画を企てているアリョーシャは、訪ねてきたリーザと再会し、告白を受ける。それによって、子どもがイワンの子であったことを知る。アリョーシャはグルーシェニカを修道院に訪ねる。

《第四部》

皇帝暗殺の試みは失敗に終わる。アリョーシャはその首謀者として逮捕される。コーリャは彼の身代わりになって死ぬ。彼の裁判をめぐってロシア全土が騒然となるが、結局、アレクサンドル二世が裁判に関与し、特赦によって八年の刑に減刑され、アリョーシャはシベリアへと旅立つ。リーザが子どもとともにその後に従う。(以上『ドストエフスキー　父殺しの文学』より)

プロとコントラ、または象徴層の哲学

構成、ストーリーともに、あくまで「空想」にもとづいたものにすぎないが、これまで紹介してきたさまざまな資料と照らしても、さほど無理のないものではないかと思う。二番目にあげた「第二の小説」のあらすじと、いくつかの点で大きく異なったのは必然の結果であり、じっさいに「第一の小説」を翻訳するプロセスのなかで見えてきたちがいゆえに、ご容赦いただければありがたい。

なお、この「第二の小説」のプロットには、補足を要する事項がかなりあると思われるので、ここからはその説明を中心に話をすすめていくことにする。

ただし、その前にあらかじめ考えておきたいことがある。それは、「第二の小説」における象徴層はどのような軸をめぐって議論が展開されるのか、という問題である。すでに述べたように、続編における「プロ」と「コントラ」をそれぞれになうのは、アリョーシャとコーリャの二人ということになるはずだが、哲学レベルでの対立は、カラマーゾフ主義《シチナ》とフョードロフ哲学の対立が前面にせり出してくるかもしれない。そこで、コーリャが深く傾倒するフョードロフの思想について、ここであらためて、くわしくふれておきたい。

『カラマーゾフの兄弟』の執筆に入る直前の一八七六年のはじめ、ドストエフスキーはフョードロフの弟子ペテルソンから一通の手紙を受け取り、ある一人の知られざる思想家の思いもよらぬ思想に出合うことになった。恩師フョードロフの教義にぜひとも注意を喚起してもらおうと、師には内緒で書き送られた手紙である。ドストエフスキーはそれに応えている。

「まず第一に質問です。あなたが伝えてくださったこの思想の主はだれなのでしょうか? できればその人の本名を教えてください」と書き出した返信で、ドストエフスキーはこう書いている。「次に言いたいのは、本質において私はこれらの考えに完全に同意見だ、ということです。それらの考えを私はまるで自分の考えであるかのように読み通しました」

「この思想の主」、すなわちニコライ・フョードロフは、死を人間の根源的な悪とみなし、その克服にキリスト教の奥義はあると考えた。しかし、同時に、死を避けがたい宿命とみることなく、ほかの哲学者とは異なるユニークなアプローチを示してみせた。「死とは、……それなしでは人間が人間でなくなるような、つまり人間が本来あるべき姿でなくなるような特質ではない」とし、死を徹底的な研究の対象とすべきものとしたばかりでなく、自然界の諸力をコントロールすることで死を克服し、ついには「死んだ父祖たちを甦らせる」ことこそ、キリスト教の復活の意味であり、その延長上に、ゴルゴタで十字架に架けられたキリストの、真の肉体的復活は可能になると考えたのである。

フョードロフの思想を根底で支えていたのは、「父殺し」とは対極にある「父の復活」への熱い祈りであり、逆にまたそこには、父ないし「父祖」を忘却することにたいする根源的な罪意識が息づいていた。

「両親を棄て去らなかった息子は最初の人の子だが、両親を棄て去った息子は最初の放蕩息子である。息子が両親を棄て去ることが、最初の堕落であり、乱婚と、息子が老いた両親を虐待することは、最悪の堕落である」

端的に言って、これは逆『カラマーゾフの兄弟』であり、反エディプス・コンプレックスの世界である。フョードロフのこの果てしなく観念的かつユートピア的な理想の実現のために、もっとも罪悪視されるのが、男女の性愛であり、性を介して男女がつながりをもつことは決定的に貶められることになった。

性の否定とクローン人間

父祖の復活のための共同事業について、フョードロフ自身がこう書いていたことを思いおこそう。

「性欲および出生は、父祖をよみがえらせる事業にあっては、消滅してゆくところの一時的な状態であり、動物的残滓にすぎない」

なぜなら、父にたいする子世代の男女の性愛は、行為そのものが父祖の存在を忘れさらせ、「復活」の事業の実現をはばむものだからである。フョードロフは、復活の事業を成しとげる原動力として祖先崇拝を挙げ、「全人類の親類的一体化」すなわち同胞が力を合わせることをうったえるのだが、そこにおいては、当然のことながら、人間の奴隷状態こそが理想とみなされることになる。

「個人の解放はたんに共同事業の否定であり、それゆえ目的とはなりえず、奴隷制が善となりうる」

フョードロフが「共同事業」として残したプロジェクトには、驚くべきアイデアが披露されていた。そのもっとも偉大なアイデアが、分子を集めて人間を合成するという、現代にいうクローンの創造であり、自然統御の理念であった。

『カラマーゾフの兄弟』との関連において、ドストエフスキーの興味を何よりも引いたのは、その哲学の根底にみなぎる父祖崇拝のパトスであり、男女の性愛にたいする否定である。子どもは、父親の犠牲とならなくてはならない。この思想は、まさに鞭身派や去勢派にみられる「子ども嫌い」とほぼ同じ土壌にあって、もはやそれ自体が異端派の教義といっても、あながち嘘ではなかった。

フョードロフの思想の根底にあったのは、「黙示録」の一早い実現である。これもまた、鞭身派、去勢派の思想と共通する。その苛烈《かれつ》な現実変革の夢が、ロシア革命後、多くのボリシェヴィキ知識人によってもてはやされた事実を考慮するなら、自称「社会主義者」のコーリャが、その思想の影響をうけながら、だれにもましてラディカルなキリスト教主義者になると想定するのも、あながち不自然ではないはずである。

現実に肉をまとって復活する

では、具体的に、どのようにして死者の復活は可能になるのだろうか。『フョードロフ伝』を書いたセミョーノワによると、まず、死によって四散させられた人間の諸部分を集め、「物質世界のすべての分子と原子の支配にもとづいて」新たに身体が作り上げられる。

しかしたんにそうするだけでは、個別性、意識をともなわない、人間ならざる人間もどきができあがってしまう。これを個別性をもった人間にするには、一人ひとりの人間が、それぞれの父祖に対して、遺伝学的、精神物理学的な知識を蓄積し、それを十分に活用していく必要がある。つまり、息子が父を、父はまたその父をという形で誕生の系譜をさかのぼり、やがては原父に、原人間に立ち至らなければならないというのである。フョードロフは、こうした死者の復活の理想が真の具体性をもちうるためには、なんとしても遺伝コードの解明が不可欠となる、とまで述べている。

感覚的には理解できても、頭ではほとんど理解できない内容といえるのだが、ペテルソンを介してこのフョードロフの思想に衝撃を受けたドストエフスキーは、次のように手紙に書いた。

「その思想家のなかでもっとも重要なのは、疑いもなく、かつて生きていた祖先たちを復活させる義務ということです。その義務は、もしそれが果たされたならば、生殖ということが停止され、福音書や黙示録で最初の復活として示されていることが起こることになります」

「死が征服され、（……）祖先たちはたんにわたしたちの意識において比喩的に甦るのではなく、実際に、具体的な個人として、現実に肉をまとって復活するのだと、そのまま、文字どおりに考えているのでしょうか（……）。この問いに対する答えはぜひ必要です。さもないとすべてが不可解になります」

『カラマーゾフの兄弟』の執筆にいざ向かおうとするドストエフスキーに降りかかったこの問いは、たんに衝撃を与えるだけにとどまらず、小説の理念にかかわる重要なテーゼをはらむものとなった。おそらく、革命家やナロードニキたちが夢みる社会主義のユートピアに対抗しうるイデオロギーとして、ドストエフスキーはこのフョードロフの哲学に、一つの絶対的な真実と救いを見出したと考えていい。

しかし、フョードロフのあまりにラディカルな思考を、そのままみずからのテーゼとして受け入れることができないことも、彼は自分なりには分かっていた。

逆にフョードロフは、ドストエフスキーについて、話は聞くけれども実行はしない、という不満を述べたとされる。しかし現実はかならずしもそうではなかった。ドストエフスキーはおそらくフョードロフ哲学のあまりの過激さを嫌ったのである。なぜなら、ドストエフスキーには、つねに、一種の永久運動に近い信と不信のせめぎあい、一種の相対論が存在していたからである。

たとえそれでも、ドストエフスキーは、フョードロフのいう死者の復活の理念を自分なりの言葉で表現したいと考えていた。『カラマーゾフの兄弟』の草稿に次のような一節がみえる。

「愛の配置転換。彼らのことも忘れなかった。われわれはよみがえり、全体的な調和のなかでたがいを見いだすだろうという信念。先祖たちの復活はわたしたちにかかっているのだ」

アリョーシャとソロヴィヨフ哲学

ドストエフスキーとフョードロフの思想的な親近性を考えるさいに、どうしても忘れることのできない哲学者がもう一人登場する。それが、ウラジーミル・ソロヴィヨフ（一八五三―一九〇〇）である。すでに本書のはじめのほうで触れたように、ソロヴィヨフは、『カラマーゾフの兄弟』を構想中に次男アリョーシャを失ったドストエフスキーが、そのショックから逃れるため、ロシア南部にあるオプチナ修道院に旅したさい、道案内をつとめた青年哲学者だった。ところが、この哲学者は、作家が、次男アリョーシャの死の少し前に、先にもふれたペテルソンからの手紙を読んできかせた相手でもあったのである。一八七八年三月下旬、作家はペテルソン宛の返信にこう書いている。

「本質においてわたしはこれらの思想にまったく同感だと申します。……今日、わたしはこれを、名前を隠したまま、ウラジーミル・ソロヴィヨフに読んで聞かせました。わたしはその見解に多くの共通点を見出しました……彼はこの思想家に深く共感しています。……わたしたち、つまりわたしとソロヴィヨフとは、少なくとも、現実の、文字通りの、個人の復活を、そしてそれがまたこの地上で実現されることを信じています」

想像を逞しくすれば、ドストエフスキーにとってこのオプチナ修道院への旅は、はげしい絶望のなかにきらめき立つ、「不死」と「復活」の幻想のなかでの旅であったということができる。幸いなことに、旅の若い道連れは、フョードロフの唱えるこの「不死」と「復活」

の夢に、もしかするとドストエフスキー以上に魅了されていた可能性もある。

ドストエフスキーの死の翌年、ソロヴィヨフはフョードロフ宛の手紙にじかにこう書いている。

「あなたのプロジェクトを、わたしは無条件に一切の議論をぬきに受け入れています。付けたすべきことは、プロジェクトそのものについてではありません。いくつかの理論的根拠ないし前提、さらにはそれを実現するために最初の実際的な一歩をどう踏み出すか、という問題です……。しかしさしあたりはただ一つのことだけを言いたい。つまり、あなたのプロジェクトは、キリスト教の出現以来、キリストの道に沿って人類の精神をはじめて前進させたものであるということ。わたしが、自分の立場からできることは、あなたを自分の師、精神の父と認めることだけです」

しかしこのソロヴィヨフでも、この、あまりに独創的な哲学をどこまで理解できていたかはわからない。

わたしがここで述べなくてはならないのは、アリョーシャのモデルとなったソロヴィヨフと作家自身との宗教観の結びつきがどのようなものであったか、という問題である。なぜなら、「第二の小説」におけるアリョーシャの将来に、さらにもうひとつ別の可能性を切り開く可能性をもつ人物だからである。と同時に、それは、ドストエフスキーとソロヴィヨフが、どのような共通の土壌からフョードロフへの共感をはぐくんだのか、という問いに対する答えにもなるはずである。

全一性を回復せよ

すでに述べたように、ドストエフスキーの世界観には、一種の汎神論的な傾向が濃厚に示されていた。たとえば、ゾシマ長老の次の言葉がそうである。

「どんな草も、甲虫《かぶとむし》も蟻《あり》も、金色の蜜蜂も、生きとし生けるものが、およそ知恵などというものを持たず、驚くばかりに自分の道をわきまえ、神の奥義を証明し、倦《う》むことなくその成就につとめている。(……)すべての創造物、すべての生きものは、木の葉っぱ一枚にいたるまで神の言葉をめざし、神を誉めたたえ、キリストさまのために泣き……」(第2巻383-384ページ)

ここには、「人間中心主義」の西欧におけるキリスト教観とはおよそ異なった、東方キリスト教に共通する独自の世界観を見てとることができる。森羅万象の調和と神の遍在ともいうべきこの考え方を、ドストエフスキーと親しかったソロヴィヨフは、すでに「全一性」という言葉で捉えようとしていた。

いっぽう、ドストエフスキーが小説の序文のなかで伝えようとしていたのは、世界が「個々のばらばらな部分」（第一巻10ページ）に分断され、孤立するなかで、人類は一致して「全一性」を回復しなければならない、というメッセージだった。そのメッセージを、作者は「わたしの主人公」アリョーシャに託したと考えていい。いや、序文だけでなく、アリョーシャが記録したゾシマ長老の説教に述べられていたのも、そのようなメッセージであった。『カラマーゾフの兄弟』序文には、おそらく、ソロヴィヨフの哲学による影響が少なからずあったと思う。

そのソロヴィヨフは後に、「ドストエフスキーを偲ぶ三つの講演」で、『カラマーゾフの兄弟』における「ポジティヴな社会的理想としての教会」という理念について語ることになる。ロシア文学者の安岡治子によれば、それは、キリスト教の精神にもとづく「全人的な自由な統合」という理想の探求だったという。ここでいう「全人的な自由な統合」とは、一人ひとりの人間が、それぞれの自由と人格が完全に保たれた状態において自発的に一体化するという理念を意味するものである。思えば、アリョーシャと「十二人ほど」の少年たちの将来の誓いこそ、まさにその象徴的なイメージと呼ぶことができたかもしれない。

ドストエフスキーが出会った当時、ソロヴィヨフはすでにモスクワ大学の助教授の地位にあって、「西欧哲学の危機」および「統合的知識の哲学的原理」で脚光を浴びる新進の哲学者だった。彼は、無神論を生んだ西欧文明をきびしく批判し、ロシアが「おのれの敵意によって死んでいるさまざまな要素を、もっとも高い和解の原理によって蘇らせる」というメシア的な使命を説きつづけていた。しかしその教えは、たんに思弁的なものにとどまらず、肉感的なイメージすら伴うものだった。

興味深いことに、「分断」から「統合」をめざすソロヴィヨフの哲学には、彼自身の神秘体験という裏づけがあった。彼はまさにみずからの体験のなかで、「統合」や「全一化」へとむかう世界の変容を幻視していたのだといえるだろうか。「分断」に西欧の現実を見て、「統合」にロシアの未来と使命を見るという態度は、当然のことながら、ドストエフスキーの世界観と大いに共鳴しあうものだった。そしてドストエフスキー自身もまた、そうした統合のヴィジョンを、癲癇やヒステリーの発作において幻視していたのである。

モチューリスキーは、『カラマーゾフの兄弟』を構想中のドストエフスキーが、ソロヴィヨフの哲学に、「自分のもっとも大切な思想の明晰かつ鋭敏な定式化」を見出していたと書いている。この言葉が正しいとして、すぐにも思い起こさなくてならないのが、「第一の小説」の冒頭に置かれた序文である。もう一度注意深く読んでいただこう。

「変人（アリョーシャのこと——引用者）は《かならずしも》部分であったり、孤立した現象とは限らないばかりか、むしろ変人こそ全体の核心をはらみ、同時代のほかの連中のほうが、なにか急な風の吹きまわしでしばしばその変人から切り離されているといった事態が生じる……」（第1巻11ページ）

この、もってまわったような、曖昧かつ難解な文章の意味するところが、ソロヴィヨフ哲学への連想を介することで何とかわかりそうな気がしてくる。つまり、ドストエフスキーは、アリョーシャが、全体を、調和を、統合を志向する「実践家」だ、ということを言おうとしているのだ。そして彼は、ソロヴィヨフの哲学と深く共鳴しあう何かを語ろうとしていたのである。

では、ゾシマ長老の兄マルケル（アリョーシャの分身と見てよいかもしれない）、そしてゾシマ長老から受け継いだ、ある意味で「全一性」と名づけることのできる宗教観にひたされたアリョーシャは、これから、どのようにして鞭身派にかかわり、なおかつ皇帝暗殺という考えにとりつかれることになるのか、この問いにもいずれ答えなくてはならない。

コーリャの十三年間

コーリャとフョードロフの話にもどろう。

コーリャはおそらく、ラキーチンをとおしてフョードロフの思想の内実を知ったという設定になる。そして「社会主義者」を自称するコーリャは、社会主義とキリスト教を克服する道を、このフョードロフ哲学に見出すにちがいない。では、そのコーリャの十三年間はどのようなものであったのか。

わたしは「第二の小説」で、フョードロフをモデルとした一人の存在がエピソード風に語られるのではないか、と空想している。「第一の小説」でミウーソフが、ロシアの代表的な作家の一人イワン・ツルゲーネフを部分的にモデルとしていたように、そうした手法はドストエフスキーがお得意とするところでもあった。

では、フョードロフその人は、「第二の小説」のどこに、どのようにして登場するのか。

そこで、史実と矛盾をきたすことがないように、フョードロフの経歴をここで補足的にたどっておかなくてはならない。

そもそも、「第一の小説」が舞台となる一八六六年の時点でフョードロフはどこにいたのか?『フョードロフ伝』を書いたセミョーノフによると、当時はまだ無名の哲学者だった彼は、ロシア南部の町ボゴローツクという田舎の学校に勤めていた。その町で、一八五四年から六六年まで歴史と地理学を教え、モスクワのチェルトコフ図書館（旧レーニン図書館、現ロシア国立図書館）に移ってくるのが、六七年のことである。つまり、ここからは完全に「第二の小説」が扱う時代層となり、大きな矛盾をきたさない。

ロシアの革命思想のふたつのタイプ

ところで、話は少し反れるが、十九世紀のロシアにおいて、革命思想は三つの段階をたどった。

1　ユートピア的（空想的）社会主義の段階（一八四〇年代）
2　人民主義の段階（一八七〇年代半ば）
3　テロリズムの段階（一八七〇年代後半）

1については、空想的社会主義は本来ロシアで誕生すべきだったという議論があるくらいであり、ロシア的なメンタリティに合致するところがあった。フョードロフのキリスト教思想にも、そういうフーリエ的な空想的社会主義の側面が色濃くまとわりついていた。

したがってコーリャは、空想的社会主義とテロリズムの両面をあわせもつ、ロシア的な革命家として自己形成していくのかもしれない。これら二つを統合するのは、コーリャのキリスト教への目覚めとその深化しかないと、わたしは思う。少なくとも、それがロシア正教であるはずはないから、おそらくフョードロフ的な思想と異端派の教えとが、何かのきっかけで衝突するか、あるいは融合するかしたのではないか。

神への信仰とテロリズムの同居、キリストの理想を実現するのなら社会的な暴力も許される……この思想がどう形成されていくのかが、「第二の小説」の象徴層における一つの中心的なドラマとなるかもしれない。

すでに述べたように、ドストエフスキーにとって、キリスト教とは、何よりもキリストである。というより、キリストの人間像と、キリスト教と、キリストの身体が、ドストエフスキーのなかで一体化している。だからこそ、フョードロフの影響を受けたドストエフスキーは、現世における肉をまとったキリストの復活という理念にあれほど熱中したのだろう。

ドストエフスキーのキリスト信仰の背景には、作家自身が経験したひとつの「よみがえり」体験が、深く根を下ろしていたとうかがうことができる。ドストエフスキーは、一八七七年十二月二十四日、「覚書」のなかで、「イエス・キリストにかんする一書を書くこと」と記している。この日付は、一八四九年、皇帝による死刑宣告を受けた日付と重なり合っている。彼にとって、死刑宣告と皇帝の恩赦による死からの解放という体験は、キリストの復活、死からのよみがえり、というテーマと深く直結していたのではないか。

かりにキリスト教が、人間は復活しない、死はたんなる死に過ぎない、魂のうちでの復活でしかありえないと規定するなら、ドストエフスキーの信仰は大いにゆらいだはずである。もっとも、彼の熟成した知性と現実感覚は、フョードロフ的な科学の力で父祖を復活させ、さらにはその延長上でキリストの肉体の復活にまで辿り着くだろうという発想にも、完全には順応しきれなかった。

つまり、キリスト教とは本質的にかかわりのない一種のクローン技術と出合い、最終的にクローン・キリストの創造にいたるという思想を、少なくともドストエフスキーは完全には許容できなかったのである。

モスクワの大学にて

再び、問題となる「エピローグ」の部分を引用しよう。

コーリャ「ぼくたちみんな、死からよみがえって命をえて、おたがいにまた、みんなやイリューシャにも会えるって、宗教は教えていますが、それって本当なんでしょうか?」

アリョーシャ「きっとぼくらはよみがえりますよ。きっとたがいに会って、昔のことを愉快に、楽しく語りあうことでしょうね」（第5巻62ページ）

中等学校《ギムナジア》を終えると、コーリャはモスクワに向かった。愛する母親のもとを離れ、大学に入学するためである。しかし彼の本心は、噂に聞こえる二人の「ニコライ」すなわちニコライ・F（フョードロフ）かニコライ・P（ペテルソン）に学ぶことにあった。遠く離れた「わたしたちの町」には、「人間って復活するんだ」「可能だ、かなうようだ」といった噂が聞こえ、これをコーリャが確かめに行くことになる。そう、フョードロフにならって、モスクワへは徒歩で向かったかもしれない。コーリャならやりかねないだろう。フョードロフの思想はほとんどが噂や口伝えで、活字で読むことはできなかった。その思想にじかに触れたいと思えば、彼が司書をしていたモスクワのチェルトコフ図書館の周辺にたむろするほかなかった。

モスクワに着いたコーリャは大学で学ぶかたわら、ニコライ・Fないしニコライ・Pにじかに接することになるが、同時に、より有効な変革の手段をもとめて革命家グループに接近する。そして大学での講義を中途で放り出したまま、彼が十三年前に鉄道事件を起こした古都ノヴゴロドに戻ってくる。暗殺の対象となる皇帝が訪れる可能性のあるのは、鉄道駅のある町でなくてはならない。

「第二の小説」の中核部分は、ノヴゴロドが舞台となる。故郷スコトプリゴニエフスクまで七十キロ。『カラマーゾフの兄弟』の第10編「少年たち」で描かれたコーリャのエピソード、とくに鉄道事件と火薬、爆薬などの謎のモチーフは、すべてここに流れつく。

では、ここで整理してみよう。

《コーリャのたどる道》

イリューシャの死のあと、相変わらず社会主義の勉強をつづけ、社会情勢にも耳をそばだてているコーリャは、大学に入る年齢になったある日、ラキーチンに以前から名前と噂だけは聞いていた新思想の唱道者N・F（フョードロフ）が、モスクワで弟子たちに自説を伝える場をもっていることを知らされ、モスクワの大学で学ぶことを決心する。まもなくスネギリョフの娘で六歳年上のニーノチカと結婚するが、ニーノチカは故郷の町に置いていく。

モスクワでこの唱道者の弟子N・P（ちなみにトルストイは、『復活』の草稿でこの人物をモデルとした登場人物にシモンソンの名を与えていた）とつきあい、本人とも会ったコーリャだったが、同時に革命家の一派とつきあいをもち、秘密結社を組織する。大学を中退し皇帝暗殺を企ててノヴゴロドにやって来た彼は、オリョール県の村で新たなセクトを開いたアリョーシャを訪ね、新しい結社の象徴的な存在になってほしいと懇願する。

はげしく議論を交わし合うが、アリョーシャの思想をなまぬるいと感じた彼は、同調できずに村を去る。モスクワに戻ったコーリャは、革命家の一団をひきいてノヴゴロド行きを画策する。

半年後、いよいよテロの決行のときを迎える。ところが決行を目前にして、とつぜんアリョーシャが姿を現し、コーリャは思わず、胸に秘めていた暗殺計画をほのめかすと、アリョーシャは無言のまま、去っていく。皇帝列車爆破を予定していた日の前日、深更、皇帝直属第三課による家宅捜査が入り、全員が逮捕される。二ヶ月後、裁判が開かれる（アリョーシャはメンバーのために弁護台に立つ？）。コーリャにたいして有罪判決が下る。

物語の主要な枠組みは、これでほぼ完成する。

12　影の主役、真の主役

「第一の小説」の主人公たち　ドミートリー、イワン、カテリーナ、グルーシェニカ

「第二の小説」には『カラマーゾフの兄弟』の登場人物がすべて登場する、という説が正しければ、残りの兄弟たち、ドミートリーやイワン、さらにはカテリーナ、グルーシェニカの運命にも思いをはせなければならない。「第一の小説」の読者にとってはもっとも胸がわくわくするところだろう。ホフラコーワ夫人とペルホーチンの関係、カルガーノフのその後も大いに気になるところである。

しかし、「始まる物語」「終わる物語」で示したように、彼らのモチーフはそのほとんどが「終わって」いる。登場するとすれば、おそらく「第二の小説」の最初、「ある家族の来歴」にあたる十三年間の総まとめのなかに、比較的くわしく描かれるにとどまる。

魅力的にすぎるこれらの主人公たちにくわしくふれる余裕のないのは残念だが、ここでひ

とつ、「第二の小説」のメインプロットとはやや外れた部分で、ドミートリーにご登場いただこう。それは、裁判制度の問題、とくに第12編「誤審」に決着をつけるはずの「再審」の問題である。そこには、とうぜんのことながら「真犯人」イワンもかかわってくる。

誤審判決を受け、イワンとカテリーナの助けによって脱走をもくろんだドミートリーだが、カテリーナとグルーシェニカの軋轢の余波を受けて計画に失敗し、やむなく刑地に赴くことになる。

グルーシェニカが後を追い、当初はこれを心から喜んだドミートリーだったが、やがて流刑の身に疲れて自暴自棄に陥り、グルーシェニカへの関心も失われて、「アリョーシャが好きなら帰れ」と言い渡す。そうして刑地に赴いて十二年、身も心もボロボロに疲れ果てたドミートリーのもとに、グルーシェニカから彼の惨状を聞いたイワンが訪れてくる。イワンの口から父フョードルの死にまつわるすべての事実を知らされ、再審決定の報告を聞く。ドミートリーは、死んだような状態のまま、再審に臨むことを決意する。

「第一の小説」では、エピローグを除けば、「誤審」が最後におかれている。「誤審」があったのなら当然「再審」があっただろうというのが「空想」の基本的な考えだが、これにはじつは根拠がないわけではない。

第一はアンナ夫人の回想で、ドストエフスキーは二十年後にドミートリーが帰ってくると考えていたと書いていることである。しかし前述のとおり、二十年というのは夫人の記憶ちがいの可能性が高い。

ドストエフスキー自身はドミートリーの帰還を、十三年後から見てその少し前の過去、たぶん一年か二年前に想定していたのではないか。であれば、ドミートリーの「再審」が「第二の小説」のクライマックスになることはありえず、同じ裁判でもコーリャ以下革命家たちにたいする裁判の場面が、その位置を占めることになるのではないかと思う。すでに「終わった物語」の主人公であるドミートリーの物語を、「第二の小説」のフィナーレまで引きずることになるとは考えにくい。

「エピローグ」に、ドミートリーの監獄で面会にきたグルーシェニカとカテリーナが鉢合わせする場面がある（「一瞬、嘘が真実になった」）。ドストエフスキーは最初、この場面で二人を仲直りさせることを考えていた。しかし、それではドミートリーを助けるためにみんなで力をあわせましょうという、陳腐で実のない話になり、その話はとりやめになった。

わたしは、やはり、最後の段階で二人の女性のあいだに闘いの火花が散ったと考えたい。カテリーナからすると、二人で逃避行に出られることは自尊心が許さなかったはずだ。だから、お金は出したけれども、最後は挫折するように仕組んだのではないか。

再審によるドミートリーの帰還には、自伝層にかかわる別の根拠もある。すでに述べたとおり、実際に起きたドミートリー・イリインスキーの冤罪事件の顛末がそうである。ドストエフスキーがシベリアの流刑地オムスクで出会ったこの「父殺し」は、この後くわしく記すように、のちに冤罪とわかり、再審で無罪となった。その話をドストエフスキーは、熱をこめて創作ノートに書きこんでいる。ご存知のように、これこそが『カラマーゾフの兄弟』のモデルとなった事件である。

また「誤審」の場面には、裁判制度上ありえない状況が描かれており、それが「再審」をうながす結果となるという、研究者の意見にも耳を傾けたい。それは、ゲルツェンシトゥーベとワルヴィンスキーの二人の医者が、弁護側が求めた鑑定人として出廷し、なおかつ検察側の証人にも立っている事実である。これは刑法上みとめられない逸脱行為であり、そのことだけをもってしても、「再審」はなされなければならないという。

「再審」でドミートリーは救われるのか

ドストエフスキーが『カラマーゾフの兄弟』に着手した一八七八年一月二十四日、ロシア社会を根本から震撼させるような大事件が発生した。ヴェーラ・ザスーリチという名の女性革命家がペテルブルグ特別市長官を狙撃し、重傷を負わせたテロ事件である。この事件は、それまで民衆の支持を得られずにいた革命家たちの鬱憤を解き放ち、テロルの時代の訪れを招くきっかけとなった。

犯行の動機は、政治犯に対する不当な鞭刑《べんけい》に対して、個人的復讐を試みるものであったことが判明した。三月に入って公判が開かれ、ドストエフスキーも固唾《かたず》を呑んでこれを傍聴した。被告の弁護人は雄弁だった。陪審員たちが「無罪」判決を出したとき、法廷内には拍手がわき起こった。ドストエフスキーはこの事態をみて、女性革命家を暗に擁護する次のような手紙を書いている。

「真理のためなら、すべてを犠牲に、命まで犠牲にしてもよいという時代は、わが国に……前例のないことであり、これはロシアにとってまことに大きな希望です」

明らかな狙撃犯に対する無罪判決――。よくも悪くも陪審員制度の特質を示したこの裁判は、『カラマーゾフの兄弟』に無視できない影響を与える結果になった。

神の摂理が民衆に宿ると考える立場から、陪審員による判決に異を唱えることはできない。つまり誤審ではない。「お百姓たち」が下した有罪判決は、結果こそ逆だが、ザスーリチ裁判が微妙に影響していた可能性がある。

わたしは、ドミートリーが有罪になったのは、ザスーリチ裁判の結果を意識してのことだったと想像している。正義は民衆の意志によってどうにでもなるし、それでもよいという確信がドストエフスキーにあった、という推測である。だからドストエフスキーはこの結果を喜び、陪審に体現された民衆の意志を一面で賞賛してみせたのではないか。と同時に彼は、この裁判全体を包みこむ一種のポピュリズム的な気分に不快感を覚えていたのではないか。

同じく陪審員制度の下で行われたドミートリーの裁判結果は、有罪だった。わたしは、ここにドストエフスキー自身が加えた判断も含まれていると思う。「お百姓たち」は何もわからないというのではなく、逆にドミートリーの罪深さを彼らとともに弾劾していたような気がしてならない。

気高い恥の感覚をもち、それに殉じる誇り高い潔さがあるとはいっても、ドミートリーはやはり罪深い男である。女たちをだまし、親を殴り、「お百姓たち」に迷惑をかけ、そのエゴイズムたるや並みたいていのものではない。

ドストエフスキーのなかに、ドミートリーが抱く父殺しの願望に対する怒りはなかったと思われるが、その一人よがりのエゴイズムに対しては抑えることのできない何かを感じていたはずである。「誤審」で陪審員が「意地を通し」たのは、その表れでもあったのではないか。しかし、この判決はあくまでも再審を念頭に置き、熟慮した末の結論だったはずである。

『カラマーゾフの兄弟』のはるかな起源

ドミートリーのその後をめぐる発見を、さらに述べておきたい。

「刑地に赴いて十二年、身も心もボロボロに疲れ果てたドミートリーのもとに、グルーシェニカから彼の惨状を聞いたイワンが訪れてくる」という空想には、それなりに根拠がある。その根拠もまた、次に記す「イリインスキー」の冤罪事件にかんするメモにひそんでいる。それは「十二年が経って、弟が彼に会いにやってくる」という一節である。

かつてトボリスクの国境警備隊に勤務していたこの男は、父殺しの罪を着せられて懲役二十年の判決を言い渡され、オムスクの監獄ですでに何年間か徒刑の苦しみを嘗めていた。ところが、刑期半ばにして、実際の犯人はその弟であることが判明し、彼が無実の罪で逮捕されたことが明らかになり、刑期を十年つとめた段階で釈放された。

しかし、この段階でドストエフスキーはすでにオムスクを去っており、かつての囚人仲間がたどった運命を知ったのはだいぶ後のことで、具体的には、流刑地での経験を克明につづった『死の家の記録』（一八六二年）の発表から二年後のことだった。それからさらに十年後、つまり、具体的には『カラマーゾフの兄弟』にとりかかる四年前に、彼は、次のようなメモを書きとめることになった。少し長くなるが、引用しておく。ここには、「第二の小説」の構想まで含まれていると考えられるからである。

「十二年が経って、弟が彼に会いにやってくる。沈黙のうちにたがいに理解しあう場面。それからさらに七年、弟は官職についているが、苦しんでいて、ヒポコンデリー患者。妻に自分が殺したと言明する。『どうしてわたしに言ったの？』彼は兄のところに行く。妻も駆けつける。妻は懲役囚に何もいわず、夫を救ってほしいと膝を折って頼む。懲役囚は『おれはもう慣れっこになってしまった』と言い、和解する。『おまえはそんなことしなくとも、もう罰せられている』と兄が答える。弟の誕生日。客が集まっている。外に出る。おれが殺したのだ。みんなは精神錯乱だと思う。ラスト。ひとりは家に帰され、ひとりは罪人護送所に送られる。彼は解雇される……弟は兄に、自分の子どもの父親になってくれと頼む。『正しい道に踏み出したのだ』」

ここに記されている「弟」は、アリョーシャではない。イワンが、自分の「罪の重さ」を自覚するにいたり、ドミートリーにすべてを告白し、再審をすすめにやってくるのだ。小説とは、文学とは、やはりあくまで浄化《カタルシス》を求める器であり、ドストエフスキーもどこかの段階で、ドミートリーを救わねばならないと考えたはずである。

空想をつづける。ドミートリーは長い年月を流刑地で過ごすなかで、グルーシェニカとも対立するほど、心身ともに追いこまれていた。イワンはグルーシェニカからその話を聞き、ついにシベリアにドミートリーを訪ねる決心をする。「十二年が経って、弟が彼に会いにやってくる」のだ。それは、「第二の小説」がはじまる一年前のことで、イワンが訪ねる動機は、再審請求の手つづきのため以外には考えられない。そこには、リーザとのあいだに「不義の子」をもうけたイワンの、贖罪の気持ちもはたらいたにちがいない。いつの日か、イワンも、「すべての人間が、すべての人間に対して罪がある」ことを自覚する日がくる。

ちなみに、右に引用したメモの後半に書かれている夜会の席でのエピソードは、すでに「第一の小説」のゾシマ長老の「談話と説教」で使用されているため、ドストエフスキーとしてもこれとはまったく別の筋書きを考えなくてはならなかったはずである。

グルーシェニカとカテリーナ

アリョーシャが結婚のあとにリーザから去り、グルーシェニカのもとへいくという筋書きは、アンナ夫人にインタビューしたオーストリア人の伝記作家ニーナ・ホフマンの証言によっている。しかし、その信憑性は低く、「アリョーシャはリーザとの複雑な心理的葛藤を耐え」という夫人の言葉を膨らませて書いたのではないかと、わたしは思う。

悔悟し、意を決してドミートリーの許を去ったグルーシェニカにも、自分からアリョーシャに近づく余地はないというのがわたしの印象である。

ただし、創作ノートの一節にアリョーシャのグルーシェニカへの欲望が書かれているので、ある時期、作者の念頭にもそうした展開が考えられていたことはたしかであるし、ことによるとグルーシェニカがアリョーシャに一時的に救いを求めた可能性もある。この話では、正妻がリーザなら、グルーシェニカはさしずめマグダラのマリアという役どころを演じた可能性がある。

カテリーナについても、同じようなことがいえる。かりにイワンが、自分の捨てたリーザから「逃亡」し、カテリーナとともにヨーロッパ放浪の旅をつづけるとしても、二人のあいだに本質的な意味での共犯意識が生まれることはない。カテリーナもまた、「第一の小説」

の、とくに「誤審」でみせたあの「狂乱」で自分の与えられた役割を演じ切ったと考えていい。登場人物はそれぞれ一回限り、小説の主人公になるからである。では、「第一の小説」に記された次の一節はどのようなものとして想定すべきなのか。

「モスクワから帰ると、最初の何日間かで、彼はカテリーナに対する燃えるような狂おしい情熱に、身も世もなくのめりこんでしまったのである。のちに、イワンの全生涯に影を落とすことになるこの新しい情熱について、今ここで話しはじめるわけにはいかない。これはすべて別の物語、別の長編小説の構想となりうべき話だが、今後いつの日か、その小説に取りかかることになるかどうかさえわからない」（第4巻283ページ）

かなりもってまわった言い回しであり、どことなく言いわけじみたところが感じられるが、わたしは作者のこの言葉を、たとえばウェイン・ブースのいう「信頼できない語り手」（『フィクションの修辞学』）の言いのがれというふうには考えない。

わたしはこれまで、物語の構造をひとつの完成された宇宙とみなす立場に立って見てきた。むろん、ブースのいうように「一人称の語り手」は信頼できないとする見方もありうるし、作者が意図的にそうした語り手を設定した可能性もゼロとはいえない。たとえば、『女主人』や『永遠の夫』などの作品をめぐって、ベームのように、これを「妄想の劇化」という名称で呼んだ研究者もいる。

だが、『カラマーゾフの兄弟』における「語り手」は、すでに序文で巨視的な立場を与えられているという事情もあり、くどいようだが、「信用できない」とする立場からは何ものも生まれてこないと、わたしは考えている。かりにも作者が、「新しい情熱」と呼び、「別の長編小説」と呼ぶからには、読者は、少なくともその時点で作者の脳裏にひらめいた仮想の領域にまで想像力を羽ばたかせるべきなのだ。

では、そうした観点を受け入れた場合に、イワンとカテリーナ、さらにはイワンの知られざる欲望とその帰結をにらんだ、カテリーナとリーザの関係はどうなるのだろうか。

イワンのヨーロッパ行

まずイワンを空想の俎上に乗せてみる。

アリョーシャから手渡されたリーザのイワン宛ての手紙は、もともとあった互いの共通性についての認識を強め、イワンはますますリーザを心にとめるようになる。

リーザが十六歳になってまもなく、病からいえたイワンは一時的な欲望にかられて彼女を誘惑し、リーザは彼の子を宿す。リーザはモスクワにアリョーシャを訪ね、事実を隠したままアリョーシャと結婚し、子どもを生む。イワンはリーザの出産前にカテリーナと結婚し、快復の兆しがみえた病いの完治を名目に、カテリーナとともにヨーロッパに向かい、ときには亡命革命家たちと親交を結び、ときには博打に溺れながら放浪をつづける。その後まもなく、サンクトペテルブルグに戻る。十年がたち、グルーシェニカが突然イワンを訪れてくる。彼女からドミートリーの惨状を聞かされたイワンは、十二年前の誤審裁判に決着をつけようと決心して再審請求に奔走し、ドミートリーのもとを訪れて、自分の罪を告白する。

イワンは、ドミートリーと同様、「終わる物語」の主人公である。「第二の小説」では、ドミートリーの「再審」のために奔走し、リーザとの間に子を残しはするものの、基本的にヨーロッパに放浪し、物語の表舞台から身を引く人物として考えている。「第一の小説」でひき起こした幻覚をともなう病の根本的な治療を、ヨーロッパで、さらにいうならスイスで行い、その後、放浪を重ねるのではないか。

リーザとの間に宿る子は、どんな形で成長するだろうか。はたして暗い運命を背負った「悪魔の子」か、あるいはイワンの子でありながら、逆にアリョーシャを思わせる「白痴」

のような子どもに育っていくのか。簡単には想定できない。しかし、ドストエフスキー自身の経験に照らし、早世という可能性も考えられる。

《主人公としてのリーザの未来》

イワンとの関係に救いの可能性を見出し、自分の本質にめざめて変貌を遂げたリーザは、意識的にも無意識的にもイワンへの働きかけをつづける。十六歳を過ぎてイワンの子を宿した彼女は、カテリーナのヨーロッパ行きでイワンとの連絡が途絶えると、真相を隠したままモスクワにアリョーシャを訪ね、その後、彼とともにオリョール県の村に旅立つ。だが、二人の間に性の喜びはなく、イワンの子はまもなく死ぬ。アリョーシャにすべての事実を告げたリーザは、去勢派に身を投じ、悪魔的な神秘に通じた「異端派のマリア」として、みずから存在感と地位を高めていく。

「第二の小説」における性の問題はすべて分離派、異端派の宗教的なエクスタシーと関係づけられる……。いささか飛躍した想定と思われそうだが、リーザの自虐的な性向を鑑るに、あながち無理な設定ではないのではないか。リーザとアリョーシャが別れると想定した決定的な原因のひとつは、そのことと関係している。

リーザが、イワンの子をみごもったという事実はあるにせよ、二人のあいだに幸福な性の関係は生まれず、むしろそれよりイワンとの経験が傷となって、性に対する深い禁忌の念に支配されていくと考えるのである。

ただ、かりにリーザが異端派に入るとしたら、むしろ、逆に性からの解放をめざしてそうするのではないか。「異端派のマリア」といういい方をしたが、去勢派に入れば、性をめぐって苦しむことは基本的にないわけである。

また、リーザの行く末を考えるモデルとして、『白痴』のナスターシャ・フィリッポヴナをイメージする手がある。

ナスターシャはリーザとほぼ同じ年で、トーツキーとの間に謎に満ちた「体験」を経、深い傷《トラウマ》を負った。ムイシキンとロゴージンの間を揺れうごく彼女の苦しみは、苦しみに対する愛ゆえに生まれでる苦しみだった。端的にいって、マゾヒズムである。

イワンは、だからこそリーザに惹かれたと思うのだが、性的な意味をも含め、そうした自分の分裂を統合してくれる世界が、去勢派のそれであった。そこでフョードロフ哲学に心酔するコーリャとの間に共感が生じた可能性もある。

わたしは、ドストエフスキーの考えていた革命には、去勢派のもつ精神的エネルギーが重層的にイメージされていたような気がする。

飛躍したいい方になるが、原始的な性のエネルギーをひとところにつかまえた精神性が革命に向かわなければ、どこか別のトポスを探しあてたはずである。要するに、金を貯めるということである。ロシア語では、「去勢する」ということと「お金を貯める」ことを、スコプレーニエ（skoplenie）という同じ単語で表す。去勢が蓄財とイコールなのである。

過剰な精神性は、おうおうにして物質的な蓄積の欲望へと逆転する可能性がある。最終的には、皇帝権力を否定する革命によって支配と隷従から自分を切断し、みずからの手による蓄財の方向へと自己解放を遂げるわけである。

ドストエフスキーが、若くして去勢派や鞭身派に関心を持ったのはなぜか、そこにやはり、性に対する原罪意識があったからだとわたしは思う。

『カラマーゾフの兄弟』で、リーザは、言ってみれば、その原罪意識を象徴する役を背負っていた。「第二の小説」では、リーザはそれを解決し、昇華する役割を担わされるのではないだろうか。

いずれにしても、アリョーシャにとっても、そしてドストエフスキーにとっても、リーザのこうした救済に向かっての「行動」は、その根源に「性」の問題をかかえる最大のサブプロットになることだろう。

「第二の小説」では、コーリャが「第一の小説」ドミートリーのように表舞台に立つ。影の主役として「第一の小説」のイワンのようにアリョーシャがいて、この二人をつなぐ象徴的な存在としてのリーザが配置される、そういう形が自然である。

つまり、「第二の小説」における「物語層」のストーリーは、コーリャの皇帝暗殺計画と、それにかかわるアリョーシャの人間的「成熟」の物語となる。

いっぽう、「象徴層」は絶対権力と自由、テロルとその否定、科学と宗教などの対立軸を中心に展開される。そしてその奥底には、つねに「性」の問題が意識されていることを忘れてはならない。

＊　＊　＊

以上が、わたしの空想した「第二の小説」すなわち『カラマーゾフの子どもたち』のラフスケッチである。

「妄想」とのそしりも出てくるだろうが、ドストエフスキーの脳裏をかすめたかもしれない一瞬の出来事、あるいは破り去られた創作ノートの一部と割り切り、つかの間の真夏の夜の「夢」を楽しんでいただけたら幸いである。

おわりに　もう一人のニコライ、ふたたび自伝層へ

本書のなかで、わたしは、ドストエフスキーが「第二の小説」と呼ぶ続編の、おぼろげな輪郭を提示してみせた。

だが、こうして一応のしめくくりがついたあとも、心のなかに、容易には吹っ切れない何かがある。それは、罪の感覚、ドストエフスキーにしたがえば、一線をまたぎ越したという漠とした不安感である。

また、ドストエフスキーが「わたしの主人公」と呼んだアレクセイ・カラマーゾフの「一代記」としてきちんと体裁が整ったか、という不安もある。とくに、「一代記」という場合に、ごく一般的には、その人物はすでにこの世を去っていると想定するのが常識である。「第一の小説」から十三年後の現在、アリョーシャはすでにこの世には存在していないという見方も大いに成り立つ。イリューシャの死によるフィナーレをなぞる、アリョーシャの葬

送という終わり方もきわめて魅力的である。

となると、わたしが本書で示した仮説は、皇帝暗殺犯として処刑されるというバージョンも含め、最初からもう一度練り直しを迫られる。あるいは、何らかの偶発的なきっかけによる死という事態も想定せざるをえない。しかしその場合も、犠牲というモメントだけは欠かせない。「一粒の麦」のメタファーが、小説全体ににらみをきかせているからである。

しかし、わたしはあえてそうした解釈をしりぞけ、十三年後の現在に生きるアリョーシャ、しかも「一代記」でありながら、世界の中心にあり、なおかつ、つねに影のような存在であるアリョーシャを空想することになった。それが「著者より」の序文の内容と、いちばん素直なかたちで整合すると思われたからである。わたしはさまざまなプロットの可能性を追求してきたが、ついに最後まで、序文を守るという立場を崩せなかった。

もとより、ドストエフスキーにとって、「第一の小説」の完成すら、恐ろしい困難を強いられるなかでの戦いだった。慢性化する癲癇の発作に苦しめられ、「毎日が臨終のようだ」と告白する作家は、もしかすると、この小説をどの時点で終えることになってもよいようにと、つねに心を配りながら書きつづけていた可能性もある。

それでも、一つの締めくくりとなる「第一の小説」を書き終えたときの喜びはどんなものだったか。ここまで来れば、かりに「第二の小説」を書き得ない事態になっても悔いはない、という思いはあったことだろう。とすると、『カラマーゾフの兄弟』は現在のままの姿でも十分に完結しているということになる。終わりを持ち、同時に終わりを持たない小説、それが「第一の小説」なのである。

＊

だが、みずからの人生の総括として父の死という事件の、ある意味における歴史的な総括を行なおうとしたとき、ドストエフスキーは、自分の人生をゆるぎなく支配している、ある恐ろしい事件の記憶に突き当たらざるをえなかった。

それは、ペトラシェフスキー事件で受けたニコライ一世による死刑宣告という事実であり、傷である。

「第一の小説」の第1編を書き終え、その校正刷りを手にしたとき、ドストエフスキーは自分がもはや父の死から受けた傷（あまりに自傷的であるけれど）を完全に乗り越えていることに気づいたはずである。つまり、父の死をめぐる歴史的な普遍化は、すでに彼自身のなかで、とうの昔に片がついていたということだ。

では、終わらない記憶、あるいは傷とでも呼ぶべきものとは何であったのか。

それは、もう一人の父、アレクサンドル二世との対決、という問題だったのではないか。自分にいったんは死刑宣告を下し、しかも死の直前に死の淵から救い上げた、全能にして、恐るべき父ニコライ一世は、一八五五年にこの世を去った。

同じ年に帝位に就き、その後すみやかに農奴解放を決断したアレクサンドル二世にたいし、ドストエフスキーはそれなりの敬意をささげつづけてきた。しかし、その感情は深く二重性をはらんでいた。愛と憎しみではなく、愛と理性である。一八七八年の終わり、『カラマーゾフの兄弟』の執筆に立ち向かったドストエフスキーは、「解放王」と慕われたこの「父」との葛藤に、それこそ二十年あまりにわたって身をささげつくしていることにあらためて気づく。そこで、いやおうなく、もうひとつの原点に帰らざるをえなくなった。

問題は解決していない。それこそおびただしい数の「父殺し」の子どもたちが、父にはむかい、まるで自分の身代りでもあるかのように処刑場に引き立てられている……。

この切迫した思いが、「第二の小説」のプランを序文で明らかにしたときの、最大の動機となったとすれば、この「第二の小説」でも、自伝層は当然のことながら、「第一の小説」に劣らない、緊迫した内的葛藤をはらんだものとなったことだろう。では、どのような「告白」がそこには盛りこまれようとしていたのか。

それはむろん、現実の父の殺害から十年後、彼が、ニコライ一世から死刑宣告を受けたその時点での、彼の「葛藤」と「改心」のドラマである。

『カラマーゾフの兄弟』の執筆に先立つおよそ三十年前、当時、二十七歳のドストエフスキーがかかわったペトラシェフスキーの会には、パリ帰りの革命家で、魅力的な風貌をもつひとりの〝悪魔〟がいた。

グロスマンは書いている。

「彼はロシア最初の共産主義者のひとりで、クールスクの地主であり、何年間か外国（パリとスイス）で暮らし、その広い教養と知性の点でひときわ目立った存在だった。思想普及の会であるペトラシェフスキーの会で最左翼を牛耳っていたこの美男子で金持ちの男は、『大衆のなかへおもむく貴族』（彼を評してドストエフスキーが言っていた言葉を借りれば）のタイプの理想的な姿を示していた」

一八四〇年代の革命家のなかで極左に属し、逮捕後は査問委員会からも最重罪犯人とみられたこの男の名前は、ニコライ・スペシネフ――。彼は、すでに過去何年かにわたって、ロシア全土の反乱を指導すべく準備を進めていた。グロスマンの引用を続ける。

「一八四五年には、外国で秘密結社にかんする研究をしていたことがあった。彼は、初期キリスト教の歴史を研究した結果、この古代の教団の世界的な影響力におどろき、現代の社会的な課題を遂行するために、それに類する団体を創設することを考え出した。そして、ロシア秘密結社のメンバーが守るべき特別の誓約書まで作成していた。それは、中央委員会に絶対服従すること、共産主義の宣伝によって積極的な反乱を準備すること、それにもっとも肝心なのは、『身命を惜しまず、鉄砲もしくは刀剣をもって武装し、蜂起への闘いに全面的にかつ公然と参加すること』をメンバー各員に要求するものだった」

のちに『悪霊』の主人公となるニコライ（!）・スタヴローギンのモデルとなるこのスペシネフに対するドストエフスキーの傾倒は深く、一時的に彼は完全にこの男の呪縛下にあった。あるときなどは、多額の借金まで用立ててしてもらうこともあったという。ドストエフスキーは当時、こう述べている。

「ぼくは彼の所有物なのです。……これからぼくは自分のメフィストフェレスを持つことになるのです」

ペトラシェフスキーの会の革命綱領は、今もって明らかではない。だが、スペシネフのグループでは、すでに三つの戦術的段階が念頭に置かれていたとされる。指令委員会、秘密印刷所、将来の革命、の三つのテーゼであり、革命家のグループは七人からなっていた。そのうちの一人はこう叫んでいた。

「悪の根源と、すなわち法と皇帝と闘う」

ペトラシェフスキーの会の最後の会合は、まさにこの会の最後の炎が燃え立った瞬間であった。ドストエフスキーは興奮の頂点にあった。ソ連時代の研究者ドリーニンが書いている。

「陰謀はあった。その中心にあるのは、農奴の解放である。革命的戦術が浮かびあがりつつあった。農奴、分離派、兵士など不満をいだくすべての人々の間に思想を宣伝しようと真剣に考えられていた。活版印刷所が設立され、七人組が設立された。ドストエフスキーはこの七人組の一人だったのだ」

友人のアポロン・マイコフは、自分をこの結社の「八人目」に加えようと訪ねてきた当時のドストエフスキーの言葉をこう伝えている。

「どんな目的なんです？」

「もちろん、ロシアに革命を起こすことが目的なんですよ。われわれはすでに印刷機を持っているんです」（傍点は執筆者）

しかし、目的はあえなく挫折する。皇帝直属第三課の家宅捜査を受け、ドストエフスキーは逮捕された。死刑宣告が下ったとき、彼は何を考えていたのか。一八七四年の「作家の日記」に彼は次のように告白することになる。

「われわれペトラシェフスキーの会の会員は、処刑台に立って、いささかの後悔の念も覚えずに死刑の宣告を聞いた。むろん、わたしに全員の心境を語ることができようはずもない。しかし、あの時、あの瞬間、たとえ全員ではないにせよ、少なくともわたしたちの大多数が、自分たちの信念を拒否することを不名誉とみなしたにちがいない、といってもまちがいではないだろうと思う」

一八七四年のドストエフスキーのこの「告白」を「ロシアの精神生活史上かつてない公然たる告白行為」と呼んだのは、モチューリスキーである。

オムスク監獄での四年間の刑期を終えたドストエフスキーは、ある高官に宛てて次のように書いた。

「わたしは空想のために、理想のために有罪の宣告を受けたことを知っております。思想、いや信念すらも変わるものであり、人間全体も変わります」(一八五六年三月二十四日)

シベリアでの彼の「転向」を裏づける言葉として何度も引用されるこの言葉を、わたしは「改悛」の、「改心」の言葉とは考えていない。たしかに思想や信念は変わるし、人間の性格だって変わることもあるだろう。しかし彼はしっかりとこう書いているのだ。「空想のために、理想のために」と。

おそらく、「改心」はなかった。「改心」を演じつづける努力、それこそがその後のドストエフスキーの三十年の人生だったのではないか。ドストエフスキーの葬儀のとき、最初に思いを込めて棺に手をかけたのは、かつて死刑宣告を受けた仲間、パーリムとプレシチェーエフだった。作家だけでなく、彼らにも、若き日に抱いたあのかがやかしい理念がよみがえっていたのだろう。

ただ、「改心」を演じつづける自分に、作家自身が自分でもそれと気づかないほど熱中してきたことは、まぎれもない事実である。その彼の思いは、次のように総括することができる。

わたしは、かつて皇帝暗殺をよしとしていた、もし、皇帝暗殺がいつか実現するとすれば、それはわたしにも責任がある――。

では、その思いは、誰の口をとおして語られるはずだったのか。

それはほかでもない、皇帝暗殺者となるニコライ・クラソートキンである。「ニコライ」の名前を恥じ、自分の顔の醜さをなげいた十三年前の彼には、確実に、ドストエフスキーが

「わたしのメフィストフェレス」と呼んだ悪魔的な美男子、〃三人目のニコライ〃、ニコライ・スペシネフの面影が生きづいていた。

十三年前のコーリャがこだわりつづけた年齢については、さらにこうも考えられる。「ロシア最初の共産主義者」スペシネフは、ドストエフスキーと同年の一八二一年に生まれ、同じ年に彼はドストエフスキーともに死刑宣告を受け、シベリア流刑となった。文字通り、青春時代のドストエフスキーが仰ぎみた分身だったのである。

象徴層でアリョーシャと対立するコーリャは、先の二人のニコライ、つまりフョードロフとペテルソンの思想を体現する存在となった。しかし、かつての死刑宣告体験を終生心の傷として抱えつづけたこの偉大な作家は、自伝層にまつわる中心的な人物であるこのコーリャ・クラソートキンに〃最後の告白〃を託したのである。

終わり

●参考文献一覧

《外国語文献》

Достоевский, Ф. М., Полное Собрание Сочинений в 30 томах, Том 15-16, «Наука», Л., 1976.

Достоевская, А., Воспоминания, М., 1981.

Суворин, А., Дневник, М.-Пгр., 1923.

Новороссийский Телеграф, 1880, 26 мая, No. 1578, «Журнальные заметки», подпись Z.

Ф. М. Достоевский в воспоминаниях современников. Т. 1. М., 1964.

Ветловская, В., Поэтика романа, "Братья Карамазовы", Л., Наука, 1977г.

Волгин, И., Последний Год Достоевского, М., 1986.

Белов, С., Еще одна версия о продолжении «Братья Карамазовы», «Вопросы литературы», 1971, No. 10

Благой, Д., Путь Алеши Карамазова, Известия АНСССР, Серия литературы и языка, 1974, т. 33, No. 1

Соколов., Достоевский и революционная Россия, «Октябрь», 1971, No. 11

Belknap, R., Genesis of "the Brothers Karamazov", Evanston, Illinois, Northwestern University Press, 1990.

Rice, J., Dostoevsky's Endgame: The Projected Sequel to "the Brothers Karamazov", Russian History/Histoire Russe, vol 33, No 1, 2006.

Rice, J., The Psychopathology of Alyosha Karamazov and His Revolutionary Destiny, 13th International Dostoevsky Symposium, July 4, 2007.

Роман Ф. М. Достоевского "Братья Карамазовы". Современное состояние изучения, Под редакцией Т. А. Касаткиной, М., Наука, 2007.

《邦語文献》

ドストエフスキー『カラマーゾフの兄弟』1－5、亀山郁夫訳、光文社、二〇〇六－七年
グロスマン『ドストエフスキイ』、北垣信行訳、筑摩書房、一九七八年
グロスマン『ドストエフスキー　年譜（伝記、日付と資料）』、松浦健三編訳、新潮社、一九八〇年
モチューリスキー『評伝ドストエフスキー』、松下裕・松下恭子訳、筑摩書房、二〇〇〇年
ベリチコフ編『ドストエフスキー裁判』、中村健之介編訳、北海道大学図書刊行会、一九九三年
原卓也・小泉猛編訳『ドストエフスキーとペトラシェフスキー事件』、集英社、一九七一年
江川卓『謎とき「カラマーゾフの兄弟」』、新潮社、一九九一年
中村健之介『ドストエフスキー　生と死の感覚』、岩波書店、一九八四年
亀山郁夫『ドストエフスキー　父殺しの文学』上・下、日本放送出版協会、二〇〇四年
安岡治子「ドストエフスキーのキリスト教――『カラマーゾフの兄弟』を中心に」（岩波講座・文学8『超越性の文学』所収、岩波書店、二〇〇三年）

余熱の書――あとがきに代えて

『「カラマーゾフの兄弟」続編を空想する』と題する本書を書きおえたいま、わたしはなぜか懐かしいともいえる、心地よい開放感に浸っている。

『カラマーゾフの兄弟』の翻訳を終えてからわずか二ヶ月間で書き終えることができたこの本を、かりに余熱の書と呼ぶにしても、余熱だけで仕上がった本であるはずがない。

過去二年半、わたしは苦しみに苦しみを重ねて翻訳にたずさわるかたわら、かなり真剣な気持ちで本書のテーマにかかわるメモをとり続けてきたが、第4部に入ると、みるみるその仕事量が増え、時として翻訳の作業そのものが支障をきたしはじめていることに気づいた。

第3部が刊行されてまもない四月はじめ、わたしはふとした思いつきで、続編つまり「第二の小説」について本にしてみてはどうか、と古典新訳文庫担当の編集者、川端博さんに声をかけてみた。面白半分でアイデアを出し合ううちに、本書のようなタイトルに収まった。

驚いたことに、本書の出版が決まった、との正式の通知を受けたのは、その翌日のことだった。

しかし、むろんすぐに執筆に取りかかれたわけではない。『カラマーゾフの兄弟』第4部とエピローグ巻の作業がかなり残っていたからである。

そしてすべての作業が終わってまもない六月のはじめ、本書の担当に決まった編集者、山川江美さんを中心に、川端博さん、今野哲男さんのお二人をまじえながら、「第二部」の内容について徹底的に議論しあうことになった。

執筆の作業に入ったのは、それからのことだった。しかし、やはり見通しが甘かったか、初校の段階で、わたしはすぐに壁に突き当たってしまった。

理由は明らかで、自分の立てた仮説に自分の想像力が追いつかなくなったのだ。アリョーシャは皇帝暗殺者にはなりえない、ただし皇帝暗殺やむなしという考えにいたる、というぎりぎりの線まではたどりつく。

その基本線を押さえることができたのはよかったのだが、あの温厚そのもののアリョーシャが、リーザとの「複雑な心理的ドラマ」を経て、グルーシェニカに近づいたり、異端派に加わったりしたあげく、皇帝暗殺やむなしという境地にいきつくまでの、十三年間の道筋がどうしてもすんなりと思い描けない。

こうして、断片的なモチーフをつなぎ合わせる作業は、まさにパッチワークに似てきた。並み以上の作家であれば、ごくかんたんに料理できそうな小説も、客観的データにもとづいて科学的に空想するという立場をとる以上、すべてに根拠付けが必要となる。わたしのとるべき態度が、可能性そのものよりも現実性の重視というところに次第にシフトしていったため、とてつもなく困難な作業であることがわかってきた。ちょっとした気分の変化から、まるで正反対の仮説に気持ちがひきずられることもあった。たとえ一瞬とはいえ、これがドストエフスキーの心境であるとしたら、彼はとても「第二の小説」など書けなかっただろう、という「発見」にまでいたることもあった。

わたしには、「妄想」の域に入り込む余地も、力もないことがわかった。

しかし、最後の段階にきて、ある達観めいたものが訪れてきた。成功など期待せず、粛々と作業を進めよう。ドストエフスキーになりかわることなんて、しょせん読者のだれひとり望んではいないし、読者のひとりひとりが自由に空想できるデータを提示するだけでも、十分に役目は果たせるではないか。

そう、判断は、すべて善意あふれる読者にゆだねることにすればいい……。そう思うとするりと力が抜け、作業がふたたび進みはじめた。だれにも喜ばれない余計本を書くという自虐が、わたしをかえって勇気づけてくれたものらしい。

本書が完成するまでの間、『カラマーゾフの兄弟』の担当編集者だった川端博さんにアドバイザーとして協力を求め、「第二の小説」をめぐるわたしの仮説と空想の信憑性をめぐって、折りに触れ、判断を仰ぐことにした。

また、今野哲男さんには、「四者会談」のまとめをしていただくことになった。

本書の担当をしてくださった若い編集者、山川江美さんは、いまや、『カラマーゾフの兄弟』のテクストの隅々まで知る、たいへんなドストエフスキー・ディレッタントである。蛍光ペンで色とりどりに塗り上げられた『カラマーゾフの兄弟』全五巻が、その証である。彼女の誠意あふれる仕事ぶりに感動し、わたしは、どんな指示にも安心してすなおに従うことができた。

『カラマーゾフの兄弟』とは、これでしばしのお別れになる。ところがわたしはいま、なぜか根本からこの小説について調べなおしたいという止みがたい欲求にかられている。

そう、空想から、科学へ。

最後に、本書を、わたしが心から尊敬する歴史学者、池端雪浦先生に捧げるわがままをお許し願えたらと思う。

二〇〇七年八月三十一日　東京——ロンドン——東京

亀山　郁夫

亀山郁夫（かめやまいくお）
1949年生まれ。現在、東京外国語大学教授ならびに同大学学長。ドストエフスキー関連の研究のほか、ソ連・スターリン体制下の政治と芸術の関係をめぐる多くの著作がある。著書に『磔のロシア』（岩波書店）、『熱狂とユーフォリア』（平凡社）、『ドストエフスキー父殺しの文学上・下』（NHKブックス）、『「悪霊」神になりたかった男』（みすず書房）、『大審問官スターリン』（小学館）など多数。最近の訳書に、『カラマーゾフの兄弟1～5』（光文社古典新訳文庫）がある。

『カラマーゾフの兄弟《きょうだい》』続編《ぞくへん》を空想《くうそう》する

2007年9月20日初版1刷発行

著　者 ― 亀山郁夫
発行者 ― 古谷俊勝
装　幀 ― アラン・チャン
印刷所 ― 萩原印刷
製本所 ― 関川製本
発行所 ― 株式会社光文社
東京都文京区音羽1-16-6（〒112-8011）
電　話 ― 編集部03(5395)8289　販売部03(5395)8114
業務部03(5395)8125
メール ― sinsyo@kobunsha.com

 ISBN 978-4-334-03420-7